二見文庫

機内サービス

蒼井凜花

目次

機内サービス

プロローグ

辞令
スカイアジア航空　客室乗務員課　花越美里《はなこしみさと》殿
平成二十七年八月一日より三カ月間、ピンキー航空への出向を命ずる。
スカイアジア人事部長・盆小原吉郎《ぼんこばらきちろう》

コツコツ、コツコツ——ッ！

紺の制服に身を包み、ヒールの音もけたたましく社内の廊下を早足で歩くのは、花越美里、二十八歳。

入社八年目、スリムな肢体に匂い立つような美貌が目を引く、スカイアジア屈指の美女CAだ。

艶《あで》やかな黒髪は一糸の乱れもなく結いあげられ、透きとおるような雪白肌に、長い睫毛に縁どられた涼しげな瞳。高い鼻梁と形の良い唇も相まって、ノーブルな制服をいっそう引き立てている。

――むろん、その端正な美貌は、フライト以外でも存分に発揮されていた。

CA専門誌でのインタヴュー記事、CAカレンダーのモデル、航空イベント等のコンパニオン、就航記念セレモニーの花束贈呈役――広報要員としても名高い美里は、自他ともに認めるスカイアジアの看板CAである。

しかし――

(冗談じゃないわ!)

今日ばかりは穏やかではない。

伸びやかな美脚が踏み鳴らすヒールの荒々しさが、美里の心中を物語っていた。

羽田空港内のスカイアジア・客室乗務員室。略して「客乗《きやくじよう》」。

すれ違う後輩CAやパイロットたちが、怒りに引き攣《つ》る美里の表情に気づくと、視線を逸らし、中には回れ右をする者もいる。

（まったく、部長ったら）

入社時から最大の理解者と疑わなかった男が、辞令を見た瞬間から、最悪の敵と化した。

拒否の言葉をガツンとくらわすか、はたまた泣き落としで情に訴えるか。

真正面の理、側面の情、背面の恐怖――あの男にはどの戦法が効果的だろう？

脳内シミュレーションしているうちに、人事部のドアの前に着いてしまった。

肩で深呼吸して、コンコン、とノック音だけは穏やかに鳴らした。

「どうぞ」

開け放たれたドアの向こう、視界に飛びこんできたのは、美里の訪問を待っていたのだろう。不敵にほほえむ盆小原吉郎。

珍妙な名前に似合わず、今日もイタリアンスーツを粋に着こなし、髪型は櫛目のとおったオールバック。

美食が転じて、最近はやや腹が出てきたようだが、よく手入れされた口髭も手伝って、五十五歳にして、なかなかのダンディぶりだ。

しかし彼の得意技は、理詰め、ゴリ押し、土下座、洗脳――頭の回転の良さに加え、人たらしと処世術に長けた武勇伝には事欠かない。

敵に回すと、もっとも厄介なタイプである。

「部長、異動の件ですが」

美里は声のトーンを抑え、努めて冷静さを心がけた。

しかし、ツカツカとデスクに歩み寄る態度は、あえて威圧感を満載にした。

「何か問題でも？　妥当な人事だと思うがね」

にべもない口調に、美里の内臓は煮えくり返りそうになる。

が、ここは腐ってもＣＡ。やはり穏便に話し合うべきだろう。

「お言葉ですが――子会社のピンキー航空は、わがスカイアジアとあまりにも経営方針が違いすぎます。私はスカイアジアのＣＡとして――」

ここで盆小原が言葉を遮った。

「美里くん、君は入社して八年間、実に模範的なＣＡとして会社に尽くしてくれた。いや、勤務態度だけじゃない。その美貌でＣＡカレンダーやイベントの常連となり、皇室や政府要人の特別フライトにアサインされるほどの実力者。採用した担当者として僕は誇らしいよ。君には感謝してもしきれない」

「だったら、なぜです？　八年間の頑張りを評価してくださっているにもかかわらず、今回の異動とは、納得がいきません」

「だからだよ」

「は？」

美里は憤りに潤む瞳を見開いた。

「君もわかっているだろう。ピンキーの現状を」

「……」

そう、まさに業績悪化が親会社の経営を揺るがしかねない子会社・ピンキー航空だった。

就航している空港はエアラインの激戦地で、価格競争はもちろん、近年はＬＣＣや独立系エアラインの定着により、売り上げはすっかり低空飛行である。

最後の砦として三年前より導入したのが、セクシーなミニスカ制服。

賛否両論が噴出する中、当初は爆発的に話題となったが、所詮は客寄せパンダとあって、今では見向きもされない。

加えて女性客からは下品と敵対視さえされる始末。

ところが、親会社のスカイアジアは、他社との差別化をはかったサービス、人材のクオリティの高さが評価され、他社からのＣＡの引き抜きが始まっている。

それは理解できる。

でも、なぜ「スカイアジアの顔」として名高い自分が、逆に子会社たるピンキー航空に出向せねばならないのか。

「たのむ。三カ月間だけ我慢してくれ。模範CAとして、サービスの向上、顧客獲得のためにも、君に白羽の矢を立てた私の顔を潰さんでくれよ」

「そのサービス内容に、問題があるんです！」

耐えきれず、ついに声を張りあげてしまった。

「見てください！　このピンキーの制服」

美里はポケットから出した一枚の写真を、彼の目の前に突きつけた。

「こんなコスプレまがいの制服、死んでも着られません」

美里の提示した写真は、ピンクの制服に身を包むCAたちが満面の笑みで一列に並んでいるものだ。

ミニスカの丈は軽く膝上十五センチを超え、しかもブラウスは第二ボタンまで外し、胸の谷間を見せるという、今どきのキャバクラでもありえないぶっ飛びのデザイン。

おまけに「おさわりOK。お客さまが望むなら、それ以上のことだって」をモットーにした過剰なお色気サービスという、なりふり構わぬ接客ぶりだ。

「悪いが、もう決まったことだ」

「いやです。絶対行きません。私は気品ある正統派のＣＡに憧れてこのスカイアジアの採用試験を受けたんです」

「よく、覚えてるよ。短大二年の君が採用試験を受けたとき、僕は面接官だった。『飛行機をご利用されるお客さまに、ハッピーをお届けしたい。安全性、快適性に富んだ空間で最大限のサービスを提供し、リピーターを増やしたい』と目を輝かせた君を今も忘れることができない」

「そこまで熱意を感じてくださるのなら、言うまでもありませんよね。出向は他のＣＡにお願いします」

美里は毅然と言い放った。

しばしの沈黙のあと、

「困ったねえ。もし、どうしても嫌だと言うなら……」

「嫌だと言うなら――？」

美里の言葉に、盆小原はキッと目を尖らせた。

「今すぐ、辞めてもらおう」

「は？　何ですって？」

「仕方ないだろう。僕だって業務命令には逆らえない。君を庇《かば》って共倒れはできないよ」

盆小原は冷ややかにほほえんだ。

それが、有無を言わせない強烈な意志を示している。

何たることだ。おたおたしている間に、敵は「背面の恐怖」を提示してきた。

それでも、プライドが許さない。

「これはパワハラ、いや、セクハラです！」

「セクハラでもパワハラでも結構。いいかね？　系列会社、存亡の危機だ。いつこちらにも火の粉が降りかからないとも限らん。今回だけはどうしても譲ることができんのだ。君の選択肢はふたつ！　辞令に背いて会社を辞めるか、三カ月間だけピンキーに出向するかだ」

第一章　ギャレーの奥で

1

結局、言いくるめられてしまった。

真夏日が続いた八月一日の午後九時すぎ、美里は、ピンクのミニスカ制服をまとい、羽田―大阪間の最終便に乗務していた。

会社側の配慮とでも言いたいのか、出向初日はこのワンフライトのみ。一日に平均三度の離着陸をこなすＣＡが多い中、一便のみでの大阪ステイは、まずありえない楽なフライトである。

だが、

「美里さん、キャビンの様子を見てきてちょうだい」

カーテンで仕切られたギャレーで、威圧的に命じるのは、パーサーの勝木涼子《かつきりょうこ》だ。

乗務歴十三年、三十三歳のベテランCAは、お局《つぼね》と呼ぶにふさわしいキツめのメイクで、派手なエキゾチック美人。

モデル並みのスリムで長身なスタイルは、美里と互角に張り合えるが、ベテランならではの貫禄と気位の高さが、出向組《よそもの》を受け入れぬという雰囲気を全身から漂わせている。

「涼子先輩……またキャビンに出ろと——？」

「嫌なの？」

涼子は不機嫌さをあらわにする。

「……お客さまの視線に、まだ慣れなくて……」

「アナタねえ、二十八にもなってカマトトぶるんじゃないわよ。女は見られてナンボでしょ？　いくら出向とはいえ、ピンキーに来たからには、ここの流儀に従ってちょうだい。ほら、さっさと行って」

「は、はい……」

おずおずと一歩踏み出した美里の背中に、

「いいこと？　くれぐれもお客さまには失礼のないようにね。今いるお客さま全員にリピーターになってもらう意気込みで接客するのよ。大丈夫、撮影防止のために、関連機器はあらかじめこちらで預かることになっているし、あなたのミニスカ姿が外部に漏れることはないわ」

「はい……」

「じゃ、よろしく」

釘を刺す涼子の口調は、明らかに美里を威嚇している。

出向初日に失敗は許されないわよ、との無言の圧力だ。

うなずいた美里は、太腿に張りつくミニスカの裾をキュッと下に引っぱった。

身長百六十五センチの美里では、屈めばパンティが見えそうなミニ丈だ。

姿勢を正し、意を決してカーテンを開けると、ほの暗い照明の下、満席近い客たちの目がいっせいに突き刺さる。

（ああっ……もうイヤ！）

ビジネス路線であるこの便は、大半が男性客で占められている。

ねっとりと這う視線におじけづくも、そこはＣＡらしく優美に振る舞わねばならない。

(……まさか、こんな目に遭うなんて——)

ボディラインを強調したピンキー航空の制服は、誰が見ても刺激的、いや、目の毒なのだ。

美里は、窓に反射する己の姿を再度、凝視した。

首元に巻いたシルクのスカーフは問題ない。

しかし、薄桃色のブラウスは、原則、第二ボタンまで開けることになっている。その結果、細身だが美里のEカップのバストは果実のようにせり出し、くっきりと谷間を作って、否応なく殿方の目を釘づけにしてしまう。

極めつきは、膝上十五センチの超ミニスカートだ。

タイトミニから伸びる美脚と、丸い桃尻は悩殺的で、どの角度から見ても、男を挑発する装いにしか見えない。

短大時代はモデルのアルバイトをし、入社後も広報要員として活躍していたゆえ、多少の視線には慣れていても、ここまで過度の露出は嫌悪しか感じない。

(それにしてもまあ、この会社の身勝手なこと……)

美里は契約時に交わした、ピンキーの社内規則を思い出す。

セクシー行為の許容範囲はわざと明文化されておらず、現場任せ——すなわち「会社側は一切の責任を負わないが、売り上げはあげろ」というスタンスである。

しかし、心の中で舌打ちしながらも、無意識にＣＡスマイルを作ってしまうのは、悲しいかな長年の習慣だ。

どんな状況に立たされてもＣＡとしての自覚は失うまいと、姿勢を正し、笑みを湛えながら、品よく通路を後方に進んでいく。

読書する者、書き物をする者。寝入る客以外の視線は、吸いこまれるように、美里の肢体に注がれる。

（えっ……？）

ふと、ヒップに違和感を覚えたのは、最後列に来たときだった。

思わず振り返れば、スカートごしの尻をひとりの男性客が撫でているではないか。

「ヒッ……」

目が合うと男は強面《こわもて》の顔をニヤリと緩ませた。

推定五十歳。いかつい体にダブルのスーツを着た彼は、堅気ではない雰囲気を如実に漂わせている。しかも、息が酒臭い。

よく見ると、テーブル上にはカップ酒とチーかま。

目の下を赤らめた彼は、まぎれもない酔っ払いだ。

仕事を終えて帰る機内で、ねぎらいの一献《いっこん》といったところか。

驚く美里をよそに、分厚い手は引っこむどころか、むしろムニムニと脂ぎった指を食いこませてきた。

「お客さま、おやめください」

小声ながらも毅然と注意した。

彼の風貌に恐れをなしたのか、他の客たちは見て見ぬふり。

何かと厳しい先輩の涼子に知られないうちに、穏便に対処しなくては——。

しかし、男はまったく手をどけようとしない。

ニンマリと鼻の下を伸ばしながら、かえって玩弄《がんろう》の手を強めた。

「仕方ないやん、目の前でミニスカの可愛いケツがぷりぷり揺れてるんや。触ってくれ言うてるようなものやんけ」

コテコテの関西弁で、ハレンチ男は鼻息を荒らげた。

「あんっ、いけません。ダメですっ」

尻を撫でる手から逃れようと、必死に払いのけようとするが、男の力にはかなわない。

「ええやん。こんなエロい制服姿見せられたら、たまらんわ」

男はもう一方の手を腰に回し、ぐっと引き寄せてきた。

「よっしゃ。これで逃げられへんな」

ハレンチ男は、するりとスカートの中に手を忍びこませる。

「あぁんっ」

熱っぽい手が、ストッキングに包まれた尻を捏ね回してくる。

モミモミ、ムニュムニュ――。

「こりゃええ触り心地や。可愛い顔に似合わずスケベなプリケツやのう」

嬉々としてはしゃぐ姿にビンタの一発でも見舞いたいところだが、相手は大切なお客さま。ここで怒るわけにはいかない。

(やんわりと断って、これからもピンキーに乗っていただかなくちゃ)

そんな健気な心中などつゆ知らず、男は脂肪のつき具合を確かめるように、掌《てのひら》に力をこめる。

やがて、突き立てた指を、尻のワレメに沿ってツツーとなぞりおろしてきたのだ。

「ヒッ……」

蠢く指は、美里のもっとも敏感な媚肉の溝を刺激してきた。ぐにゅりと沈みこむ大胆な指先に、

「はうっ……あッ」

意に反して、悩ましい声をあげてしまった。

緊張に噴き出す汗で、下着の中はムレムレである。

男も気づいたのか、

「お、湿っとるやないけ」

「ち、違います……汗が」

「なに、汗？　こりゃどう考えても、エロい汁やんか」

無意識に発するフェロモンを感じ取ったのだろうか、指は今にもストッキングを破らんばかりにこすりあげてきた。

「あんッ」

「おっ、ますます濡れてきたで。ほんまに汗かどうかワシが確認したる」

男は脂ぎった顔を尻に寄せ、クンクンと匂いを嗅ぎだした。

「ちょ、ちょっと……お客さま」

よじり合わせた太腿がぷるぷると震えた。ハイレグパンティが食いこみ、内側がいっそう熱く蒸れてきたようだ。

「これはどう考えてもメスの匂いやで。ＣＡさん、欲求不満かいな」

フガフガと鼻を鳴らすギラついた顔が、ニタリと笑った。

「そ、そんな……欲求不満だなんて」

ミニスカの中に籠《こも》る匂いを嗅がれながら、美里は羞恥と困惑に顔を歪めた。

しかし図星だった。半年前に彼と別れたばかりなのだ。

傍目には「男なんてよりどり見どりよ」と見栄を張っていても、欲求不満でオナニーをしてしまう虚しい夜もある。

それどころか、盆暮れ正月も休みが取れず、会えないことを理由にフラれるＣＡは少なくない。

美里も、「クリスマスもバレンタインデーも会えないなんて、僕らはよっぽど縁がないいんだね」と、よその女に乗りかえられたクチである。

「ワシ、結構ええモン持っとるで。見てえな、どや？」

男が指差す股間を見ると、パンパンに張りつめたイチモツがズボンを内側から突きあげているではないか。

(やだ、おっきい)

思わず目をみはったが、それも一瞬のこと。

男の指は裾を摘まみ、スカートをめくりあげてきた。

「あっ……ダメです」

「おっ、パンティは清楚な白かいな。ハイレグがぴっちりオマタに食いこんでエエのう」

「こ、困ります!」

「怒った顔もベッピンさんや。ワシはピンキーを応援するで」

そう言われてしまうと、もはや何も言い返せない。

一応、腰は揺らめかせるが、はなから拒絶の意を示すことはできないのだ。

(私のせいでピンキーの業績がもっと悪化したら、それこそCAとしての将来は閉ざされるわ)

美里は男の指弄に耐えながら、人事部長との話し合いを思い出していた。

とにもかくにも、今日から三カ月間、この桃色光線の飛び交う空間で働かねばならないのだ。

「どや、今夜たっぷり可愛がってやるで」

再び、パンティの中をまさぐる手に我に返る。

モミモミ、プニプニと弄《いじ》る指は、しっとりと熱を帯びた秘部はおろか、美里が抵抗できないのをいいことに、前側に回してきた。

的確にクリトリスに触れられると、

「ああっ、いやん……」

抵抗しつつも、肌がじっとりと汗ばんでくる。

「お、スケベな匂いがきつうなってきたで」

「ンッ……いけませんっ」

嬉々とした男の指が、硬くしこり始めたクリトリスを摘まんだそのとき、

「お客さまぁ～♥」

後ろから甘ったるい声が聞こえてきた。

振り向くと、後輩ＣＡの奈々《なな》がキュッと締まった小尻を向け、ぷりぷりと揺すっているではないか。

「お客さまぁ、私のお尻も触ってみません？」

「な、奈々……」

美里はあんぐりと口を開けた。

入社二年目の二十二歳、丸尾《まるお》奈々だった。

美里と違い、生え抜きのピンキー航空ＣＡだ。

キュートなアイドル顔に華奢な肢体、艶やかなボブヘアの可憐な姿は、ミーティングのときから目立っていた。

おまけにフライト前には「奈々って呼んでくださいね」と、なかなか可愛げある挨拶をしてきた。

案の定、

「おおっ、こっちのＣＡもめちゃくちゃ美人やんけ。よっしゃ、ふたりまとめて触ったる」

彼は、美里の腰を抱いていた手を離し、満面の笑みで奈々の小尻も撫で始めた。

「極楽や～。美女ふたりのプリケツを堪能できるなんて」

ハレンチ男はたいそうご満悦で、尻と太腿を撫でまくる。

蠢く手に、奈々は身をよじりながら、うっとりと熱い息を吐く。

ひとしきり触らせると、ニッコリ客に振り返って、

「さあ、お客さま、そろそろ着陸ですよ。テーブルは片づけましょうね」

そう優しく促したのだ。

「よっしゃ。わかったで」

男は言われたとおり酒を片付け、テーブルを畳んだ。

（まあ！）

驚いた。あれほどしつこかった男が、奈々には素直に従ったではないか。

呆気にとられる美里だが、なるほど、上手に飴を与えればいいのだ。

おさわりは癪だが、ＣＡを続けるためには多少のことは目を瞑《つむ》ろう。

「助かったわ。ありがとう」

化粧室前で礼を言うと、

「大丈夫ですよ。それより、今日のパーサーの涼子先輩には要注意ですよ。バツイチで熟れた体を持てあましてますから」

こっそり耳打ちしてきた。

「まあ、バツイチ……要注意ってどういうこと？」

「聞かされてなかったんですか？　実は、涼子さんのあだ名は『美魔女クイーン』。美里先輩みたいな美人には、ことさらキツイんです。いわゆる女の嫉妬ってやつ」

「ああ、あのタイプはいかにも『自分が一番』って感じね」

「彼女、派手な男関係が災いしたらしく、ダンナさまから三下り半を突きつけられたんですって」

「離婚の原因は、彼女にあるのね」

「しかも、もっとすごい情報もあるんです」

——ポーン！

話がいよいよ佳境に入ろうとしたとき、着陸を告げるシートベルト着用のサインが点灯した。

「いけない、着席しなくちゃ。美里先輩、続きはまたあとで」

「ちょ、ちょっと待って。涼子先輩のことをもっと聞かせてほしいわ」

今、知っておくべきだと、美里の危険察知センサーが作動した。

「すみません。話せば長いんです。着陸前のキャビンチェックに行かなくちゃ」

奈々は頭をさげ、とっととキャビンに出てしまったではないか。

そうだ、今は俗にいうクリティカル・イレブンミニッツ——「魔の十一分」。

離陸の三分、着陸の八分はもっとも事故が起こる確率が高い。

乗客たちの様子やキャビンのチェックはもちろん、ＣＡ間の状況報告も徹底しなければならない。

(仕方ないわ、あとで聞こう)

美里も前方ギャレーへと向かった。

ミニスカは気になるが、先ほどよりいくぶんか気が楽になったのは事実だ。キャビンは特に異常なし。ビジネス路線は乗り慣れた乗客が多く、リクライニングやテーブルを元の位置に戻して着陸の準備に備えている。

とりあえず、異常がない旨を涼子に告げなければ。

「涼子先輩、遅くなってすみま……」

カーテンを開け、そう声をかけたときだった。

(えっ?)

薄明りの中、ふたつの黒い影が揺らめいた。

何と、涼子は男性客とキスしているではないか。

思わず、ギャレーカーテンを体に巻きつけ身を隠した美里だった。

幸い、周囲に気づかれた様子はない。

カーテンに包まれたまま、再度ふたりを盗み見る。

人気《ひとけ》のないギャレーで唇を重ねる男女を、息をひそめて凝視した。

(涼子先輩ったら、こんなときに何してるのよ)

そんな自分も何を隠れているのだとのツッコミはさておき、キスしているのは、グレーのスーツを着た初老の紳士である。

年は還暦すぎだろうか。中肉中背だが、日に焼けた肌は見事なほど艶がいい。

「まだまだ現役」といった精悍な男の色気が感じられた。

「田辺《たなべ》会長、またお会いできて光栄です」

キスを解いた涼子は、エキゾチックな美貌をほころばせた。

(もうすぐ着陸よ。先輩、マズイわよ)

美里の心配をよそに、田辺と呼ばれる男は、涼子の豊満な胸の谷間に視線を落とし、

「相変わらず、罪な体だね」

ツンツンと指でつつき始めた。

「あんっ、会長ったら……エッチ♥」

悩ましげに身をくねらせるも、涼子もまんざらではないようだ。うっとりと目を細め、甘ったるい声を返す。突かれるたび、弾力ある乳房は餅のように指を沈ませ、田辺はさらにヤニさがる。

「逢わない間に、またでっかくなったんじゃないか、涼子のオッパイ」

「もう……そんなこと」

涼子は濡れた睫毛を恥ずかしそうに伏せる。

「我慢できんよ。それとも着陸だからここらでやめようか？」

「い、いえ……少しならまだ大丈夫です」

次の瞬間、鼻息を荒らげた田辺は、タコのように唇を突きだし、白い首筋に吸いついた。

「アアンッ……」

勢いづいた唇は、身を反らせた涼子の首筋から胸の谷間を這いおりていく。

「クフン……ハアッ」

「どれどれ、可愛い乳首を吸ってやろうか。涼子はここが弱いからな」

田辺の手はのけ反る涼子の腰を支えつつ、もう一方の手で、引きおろそうとブラに手をかけた。元より、第二ボタンまで開けることが規則となっている制服だ。軽く手をかけると、挑発的なパープルのブラが顔を出した。なおもさげると窮屈そうに押しこまれていた乳房が、
ぷるん――

弾むようにはじけ出た。

「おおっ！」

Ｆカップはあろうかと思える白い爆乳に、ピンクの乳首――田辺はもうヨダレを垂らさんばかりだ。

「乳首がピンピンに勃《た》っとるぞ」

まろび出た左の乳房に嬉々として、むしゃぶりつく。

チュパッ……チュチュ。

「ア……会長……」

今にもがくりと崩れおちそうな涼子は、完全に田辺のペースに巻きこまれている。

そのとき、意に反して、美里のパンティの奥から熱い滴りが落ちてきた。

（いやん……私ったら）

思わず尻をくねらせる。

ギャレーで繰り広げられる男女の嬌態を目にし、パンティには瞬く間に女の蜜が染み、ねっとりと潤《うる》み始める。

（ん……はしたないわ）

くなくなと尻をもじつかせる。が、汗ばむ涼子の肌を這う田辺のいやらしい唇の動きが、美里の秘唇を妖しくヒクつかせた。

ついばむように吸着する蠢きは、大人の男ならではの熟達した卑猥さに満ちており、まるで美里の体まで触れられ、弄られているような錯覚に陥ってしまう。

「どれ、こっちのオッパイも可愛がってやろう」

田辺は、もう一方の乳房も剝きだし、交互に吸い始める。

乳輪ごと口に含んでは乳首を吸いたて、熟れた実のように膨らむ先端をチュパチュパ、ネロネロと舐め転がす。

「ハア……気持ちいい……」

顎を反らせ、過剰に反応する涼子の艶姿に、美里の乳首もジン……と疼《うず》いてきた。

（ああん、やめて……そんなことされると私も……）

涼子同様、美里も自分を抑えることはできない。

ふたりの嬌態《きょうたい》を眺めては、体を火照らせ、湿った吐息を吐く始末だ。

先ほど、酔客の手で玩弄されたあげく、欲求不満を言い当てられてしまった。

よりによってこのタイミングで濃厚なラブシーンを見せられるとは。

と、ハタと気づいた。

今は着陸寸前——。まずはやめさせるのが先決ではないか。

「す、すみません!」

思わず、一歩踏み出していた。

その瞬間、動きをとめたふたりがハッとこちらを見る。

「なんだね、君は?」

驚きに身を引くと思いきや、水を差された田辺は不機嫌さをあらわにした。

涼子は我に返ったのか、唾液に濡れた乳房を両手で隠し、あたふたと身づくろいをする。

「か、会長、申し訳ありません。このCAは今日から出向になった花越美里です。どうか、お気を悪くなさらないで」

そう詫びを入れる。

「出向だと?」

「はい、乗務歴は八年ですが、ピンキーでは今日からの新人です」

「ほう、新人ねえ」

涼子の説明に田辺は興味を持ったのか、上から下まで舐めるように眺めている。

美里は、おじけづきながらも、

「涼子先輩、もう着陸ですので、ご着席を……」

優先すべき言葉を告げると、涼子は窓外にチラリと視線を流す。

「まだギリギリ大丈夫よ。せっかちねえ」

迫りくる大阪の夜景を見ながら、ありえない返答をしてくるではないか。

茫然と立ち尽くす美里に対し、田辺はひとこと、

「気に入った！」

そう言って破顔した。

「ええっ？」

「何ですって？」

同時に声をあげた涼子と美里だった。

濡れた口許をハンカチで拭きながら、田辺は急に紳士然となる。

「涼子、今夜はこの美里クンもつれてくるように」

「えっ？　……は、はい、承知いたしました」

すっかり身なりを整えた涼子が一礼する。

「では席に戻るとするか」

ご機嫌なまま、すたすたとギャレーをあとにした。

ポカンとする美里に涼子は一転、仁王立ちになる。着陸寸前なのは十分わかっているると言わんばかりに顎を突きあげ、腕組みをし、

「そういうわけよ。今夜はよろしくね」

ツンと澄ました美貌を向けてきた。

2

ジュボジュボ、ジュプププッ……！

卑猥な水音が、美里の耳を打ってくる。

（ああん、エッチなサービスがある会社とは聞いていたけれど、まさかこれほどだなんて……）

キングサイズのベッドで獣のようにもつれ合う、裸の涼子と田辺を見つめながら、美里は体の火照りを必死に抑えていた。

汗みずくのふたりは、すでにシックスナインの体勢になり、互いのアソコを舐め合っている。

田辺の顔にまたがる涼子の女肉は、熟れたザクロのように真っ赤に割れ、艶め

かしい蜜を滴らせていた。

——大阪のホテルに到着するとすぐに、美里は涼子に連れられて、制服のまま田辺の待つスイートルームに行くハメとなった。

窓外には北新地の夜景が瞬き、二間《ふたま》続きの一室には、重厚なテーブルとL字型の革張りソファー。ダイニングテーブルとホームバーまで設《しつら》えてある。

内鍵をかけると、ふたりはあれよあれよという間に素っ裸になり、ベッドへとダイブしたのだった。

「美里クンは、そこで見てなさい」

指定されたのはベッド脇の絹張りソファーだ。

卑猥な行為が始まり、もうかれこれ三十分。しだいにエスカレートする戯れに、美里は生殺し地獄の真っただ中にいた。

(んん……どうしよう…アソコが熱くなってきちゃった……)

初めのうちこそじっと辛抱していたが、時を経ずして下半身に妖しい疼きが湧きだしてきた。

自然と尻が揺れ、あふれる蜜でパンティの中は洪水状態。

すでにぐっしょり濡れている。

「美里クンはさっきから尻をもじつかせてるんじゃないか」

またがる涼子のワレメから、田辺がひょっこりと顔を出す。

口も鼻先も愛液まみれでドロドロだ。

「い、いえ……そんな」

懸命に否定していると、すかさず、涼子が形のいい尻を振り立てた。

「会長、今は私に集中してください！　いつも田辺化粧品の役員会だ、株主総会だって、なかなかお時間取れないんですから！」

そう叫ぶと、自ら濡れた秘部を田辺の顔にべちょりと押しつけた。

「むおっ！」

「もっとしっかり舐めてください」

尻はムニムニと顔面を圧していく。まさに熟肉パンチである。

「こら、窒息させる気か」

そう言いながらも、田辺は嬉しそうに鼻息を荒らげ、いっそう強く媚花をねぶり回した。

（田辺化粧品って、あの有名な大企業？　彼はそこの会長なの？）

テレビをつけると必ずＣＭを目にする有名企業だ。しかも、起用するのは有名タレントばかり。

「うふ、会長のムスコ、相変わらずカッチカチ」

艶然と呟《つぶや》いた涼子は、グンと反り返る田辺のイチモツを嬉しそうに口に含んだ。〇の字に開いた唇が、みるみる太棒を呑みこんでいく。

「おおうっ、たまらん」

ズズッ……ジュジュユッ……。

「くうっ、すごいバキュームだ。後輩が見てるせいか、涼子のフェラチオはいつにも増して激しいぞ」

双頬をすぼめ、スポスポとしゃぶり立てる涼子に、田辺は艶の良い顔をさらに紅潮させた。そして、負けじと熟れた女尻に顔をうずめ、蜜汁を啜りあげる。

（あん、そんなにされると……私……もう限界……）

美里は眩暈《めまい》を覚えた。

噴き出す愛液は、すでにパンティとミニスカをとおりこし、ソファーに沁みている。クリトリスが脈打ち、乳首も痛いほどひりついている。

（ああ、おかしくなりそう……）

そのとき、

「はうッ……会長、そんなに吸われたら……私……我慢できない。アァァアアッ！」

耐えきれないとばかりに男根を吐きだした涼子が、甲高い悲鳴をあげた。

と、ここで田辺は呆気なく舌の動きを止めたようだ。

「えっ……」

絶頂寸前でお預けをくらい、涼子は失望をあらわにした。

「おい、美里クン」

田辺は恥蜜で光らせた顔をこちらに向ける。

「は、はい……？」

「服を脱ぎなさい」

「え……」

「できんと言うのか？」

「そんな……今日は、見ているだけというお話で……」

ここで田辺の太い眉が不機嫌さを示すように、片方だけあがった。

「いやなら帰りなさい。その代わり、金輪際ピンキーの飛行機には乗らん！」

「会長！　それは困ります」

涼子が身を起こした。ふるんと巨乳を揺らすと、

「美里さん、会長のご命令よ。お願い、言うとおりにして」

その表情は、上客である田辺に他社に乗り換えられては困る、いや、うちの会社が潰れてしまうと訴えていた。

何せ、田辺の意向で社員の出張もピンキーを使ってもらっているのだ。

美里が躊躇していると、

「言うとおりにしないならクビよ。人事からもそうクギを刺されてるでしょう？」

切り札の言葉を浴びせてくるではないか。

「そんな……いきなり言われても……私、今日がフライト初日ですよ」

一瞬の間があったのち、

「仕方ない、初日に免じて、今日は上半身だけ裸で許してやろう」

田辺が妥協案を提示した。

ありがたいと思ったが、冷静に考えればそれだって無茶苦茶だ。

「ほら美里さん、会長がここまで譲ってくださったんだから、早く！」

ほほえみを向けてくるが、目はちっとも笑っていない。

（どうしよう……どうしたらいいの……）

ええい、ままよ！

立ちあがった美里は、ブラウスのボタンを外し、ブラジャー姿になった。

下着は、平凡な純白のサテン地だ。

気恥ずかしさの一方で、こんなことなら、もっと高級な勝負下着をつけてくるべきだったとの見栄っ張りな思いもよぎった。

「おお、涼子に負けず劣らずの巨乳じゃないか。白いブラも初々しくていいぞ」

田辺はニンマリと鼻の下を伸ばした。

「さあ、どんないやらしい乳首をしているんだ？」

粘つくような熱い視線に身を焦がしながら、ブラのホックを外そうと、美里は背中に腕を回した。

3

ブラジャーを外すと、瑞々《みずみず》しい乳房がまろびでた。

「ほおお」

身を乗り出した田辺は、ヨダレを垂らさんばかりに目をみはる。

意に反して乳首は赤く尖り立ち、じくじくと痺れが増してくる。

(んん、そんなに見つめないで……)

羞恥に顔をしかめたが、元よりパンティは大洪水だ。感じてはいけないと必死に言い聞かせても、体の奥から熱い潤みがこみあげてくる。

「思った以上だ。何カップある?」

「い、Eカップです……」

「ふむ、Eか。ピンクの乳首がいやらしいな。さあ、もっとこっちに寄って、ちゃんと見せなさい」

「は、はい……」

おそるおそる歩み寄る。田辺の目線の高さに膝立ちになると、大きな手がいきなり乳肌をむんずとわし摑みにしてきた。

「いやん!」

「おお、極上の揉み心地だ」

満面の笑みで、モミモミ、ムギュムギュと指を食いこませてくる。

「うん、感度も良さそうだ」

ひとしきり堪能すると、唇を寄せ、乳頭にチュッと吸いついた。

「ああ……んんっ」

「ほうら、もう乳首がビンビンだ」

身をよじらせるが、予想外に巧みな舌づかいだった。田辺の口内で、乳首がむくむくとしこり勃っていくのがわかる。

チュパッ……チュチュッ……。

「あ……ああんっ」

尖った先端が弾かれ、くじられ、ねじふせられる。ネロリネロリと蠢《うごめ》く甘美な痺れが体を満たし、いっそうパンティを濡らしていく。

「ん……ああ」

ガクガクと太腿が震えだした。

それを見透かしたように、手がミニスカの中に忍びこんできた。

「ひっ……」

「グチョグチョじゃないか。やはり涼子とのカラミを見て興奮してたな」

「ち、違います……」

「いやらしい匂いもするぞ」

「気のせいです」

と、涼子をを見れば、鬼の形相で睨んでいるではないか。

「会長！　彼女とお遊びも結構ですが、私を仲間外れにしないでくださる？」

涼子は苛立たしげに声を張りあげた。

まさに嫉妬に狂う愛人の目だ。

「いかんいかん、すっかり涼子を忘れておった」

「まったく、もう」

美里に会長をとられて、涼子は膨れっ面だ。

「よし名案だ。ふたり一緒にダブルフェラをしてもらおうか」

「ダ、ダブルフェラ？」

呆気にとられる美里に、涼子は、

「私は問題ありません。大切なお客さま、それも田辺会長にご満足いただけるなら、何でもしますわ」

挑戦的な表情を向けた。

「よし、決まりだ。ふたりともしっかり舐めてくれよ」

そう言うと、おもむろに仰向けになった。

4

「美里さん、しっかりご奉仕するわよ」

ふたりで田辺の下半身に移動すると、隣り合う涼子が意気ごみをあらわにした。

「は、はい……」

「私は左の方を責めるから、あなたは右側ね」

仕事同様、テキパキと処理していく涼子の声に先ほどの陰険さはなく、心からの奉仕をしようとする心意気が感じられた。

(それにしても、彼と別れて半年。こんな形で男性に奉仕するなんて)

実に複雑だった。

戸惑いつつ、涼子に倣って股間に顔を近づけた。

間近で見る田辺のペニスは天を衝《つ》く勢いで、年齢を感じさせない猛々しさに満ちている。そのうえ、茎肌は、長年の女性とのまぐわいの多さを感じさせるに十分な淫水焼けをして赤黒く変色している。

「久々のダブルフェラだ。しかもこんな美人CAふたりが相手とは。長生きはしてみるもんだな」

「ふふ。とても還暦を迎えられたなんて思えませんわ」

涼子はＣＡスマイルで目を細め、根元を握った。

「美里さん、根元から一緒に行くわよ。一、二の――」

レロレロ……チロチロ……。

「おお……」

伸ばした舌先に、硬い男茎の感触が走った。

そのままスジに沿ってなぞりあげ、カリのくびれを弾く、

「おおぅう」

田辺は腰を痙攣させながら、歓喜の雄叫びをあげる。

「その調子よ。このまま舐めまくりましょう」

「はい」

もう、やるしかない。

美里はイチジクのような陰嚢《いんのう》に手を添え、先ほどより圧を加えて肉茎を舐めあげた。

ネロッ……ピチャピチャ……。

室内には淫靡な音が飛び交っていた。唾液をまぶしながら舌先を揺らすたび、田辺はくぐもった喘ぎを漏らしてくる。

静脈の浮き立つペニスは、舌を躍らせるごとに芯が硬化し、力強く舌を押し返してくる。

舐めあげては舐めおろす。裏スジをジグザグになぞっては、快楽のツボを刺激する。涼子の舌がぶつかるのも厭《いと》わず、熱心に愛撫を深めていった。

やがて、どちらともなく、亀頭をぱっくりと咥え始めた。

「おお……おぉぅ」

涼子が咥えた亀頭を吐き出すと、すかさず美里が唇をかぶせる。

舌を絡めつつスポンと引き抜けば、再び涼子が頬張ってくる。

互いの唾液の染みこむペニスをしゃぶるうちに、美里は倒錯的な高揚感に酔い痴れてきた。

「ンッ……ンンッ」

涼子も同様らしい、先ほどから甘く鼻を鳴らしている。

ひとしきり舐め合うと、田辺が意気揚々と口を開いた。

「十分だ。次、美里クンはサオ、涼子はタマを舐めてくれ」

「はい、わかりました」

涼子は身を屈め、陶然と陰嚢を口に含む。

チュパッ……クチュッ……。

美里も、ひとおもいに亀頭を咥えこんだ。

根元まで呑みこむと、双頬をすぼめてしゃぶりあげる。いきり立った田辺の肉棒はさらに硬さを増し、舌を退けるほど口内でいっそう膨張していった。

ジュポポポッ……クチュッ、クチュッ……。

「くうう、まさに極楽。美女CAのダブルフェラは最高だ」

むくむくと嵩《かさ》を増す剛直は、太さも、カリの張り具合も十分すぎるほど漲り、顎が外れそうなほどの膨らみようである。

美里は舌を絡めては吸い立て、あふれる先汁を啜った。

飴玉のように双玉を転がす涼子を見おろしながら、尖らせた舌を尿道口に挿し入れる。

「くぅ……おおっ」

滲み出る先汁は、徐々に塩気が濃くなっていく。同時にふたりの口唇愛撫も濃密さを高め、室内の淫気がさらに充満していくのだった。

「クウッ！」

田辺が、もう耐えきれないとばかりにシーツを握り締めたとき、

「アンンッ、我慢できません！」

がばっと身を立てた涼子が、田辺の体に馬乗りになったのだ。

「りょ、涼子センパイ」

息つく暇もなかった。膝立ちにかまえると、美里の声など聞く耳持たずといった風情で、唾液に濡れた肉棒を握った。

「ごめんなさい。私、もう待てない」

しおらしく詫びてはいるが、陶酔しきった表情の涼子はすでに掴んだ男根を自らのワレメにこすりつけている。

浅ましいほど卑猥な粘着音が、ネチャネチャと響いてきた。

「こんなスケベな涼子は初めてだ。後輩がいるとこうも変わるのか」

最初こそ驚いていた田辺だが、むしろその表情は、このうえない喜びに染まっていた。

「ああ、やっと……会長のおチ×ポが……」

華やかな美貌にそぐわぬ淫らな言葉を口にし、彼女は挿入直前の熱い吐息をつ

いた。

次いで、充血したワレメを指でV字に開く。蜜を湛えたザクロの中心に亀頭をしっかりあてがうと、狙いを定めて一気に腰を沈めた。

「ハァアアン……ッ」

肉棒がズブズブと呑みこまれていく。

「おお……むむむッ」

田辺が歯を食い縛る。根元までズッポリ挿入《はい》ると、涼子は肉と肉を馴染ませるように、体を揺らし始めた。

「あふん……ハアァ」

その動きはしだいに激しさを増していく。

尻を振るごとに、豊かな乳房もぶるんと揺れ弾む。

粘つく汗を光らせながら、恍惚に咽《むせ》ぶ涼子は、わずかな快感も逃すまいというように、執念じみた腰づかいで律動をくりかえしていた。

ズチュッ、ズチュッ……。

秘部から見え隠れする赤銅色の肉茎に、美里は茫然と見入るばかりだ。瞬《まばた》きさえも忘れたように、抜き差しされる男女の凹凸が淫らな分泌物でヌメ光ってゆく。

パンッ……グチュチュッ……ジュズズッ……！

どれくらい経っただろう。

「美里クン」

田辺が口を開いた。

「は、はい」

「ぼうっとしてないで、涼子の乳首を後ろから摘まんでやってくれ」

「えっ？」

「そのほうが彼女は感じるんだ、ほら早く」

「はいっ」

言われるままに背後に回り、揺れ弾む乳房を両手で包みこむ。

「アンッ……美里さん」

餅のように柔らかな乳肌が掌に吸いついた。

初めて触れる同性の乳房だ。自分のものとはまったく違う熟した形状と感触、重みに、無意識に力をこめてしまった。

「先輩……」

そのまま、尖った乳首を摘まむと、

「あっ、ああ……」

涼子は身を反らせて、ひときわ高い喘ぎ声を発した。

透白の肌は薄紅に染まり、玉の汗が全身から噴き出していた。

「美里クン、その調子だ。もっとやってやれ」

「わ……わかりました」

重たげに揺れる乳房を支えながら、コリコリと刺激すると、

「クウッ……ハウウ」

涼子の揺らめく腰のふり幅が大きくなり、激しさも増していく。

もはやCAの面影はない。

肉欲に溺れたひとりの女が、ただひたすらにペニスを貪っているかに見えた。

そして、心持ち身を反らせた涼子は、後ろ手をつき、ストリッパーさながらのポーズをとった。

「おっ、涼子はそろそろ限界らしい。美里クン、悪いが横で見ててくれ」

「は、はい……」

言われるまま、ベッドをおりた美里が目を凝らした。

涼子が体勢を変えた分、抜き差しの全貌が丸見えである。

「すごいだろう？　涼子は一度火がつくと、人が変わっちゃうんだ」

田辺の言うとおりだ。尻を持ちあげた涼子は、結合部を見せつけるように腰をグラインドし始め、ひときわ淫靡な水音を響かせた。

「よし、こっちも応戦だ」

ズブッ――！

そう鼻息を荒らげると、田辺も勢いよく腰を突きあげる。

「ヒイッ……クウゥ」

とても還暦とは思えぬ男根の猛威に、涼子は甲高い悲鳴をあげる。

「もう一発」

ズブリッ――！

深々と剛直がめりこんでいくのがわかる。

肉の鉄槌《てっつい》を受けながら、涼子は全身を小刻みに痙攣させ、美貌を歪ませた。

（ああん……いやん）

美里の体には思わぬ異変が起きていた。

肉棒がめりこむたび、衝撃に波打たせる涼子とシンクロするのか、美里の秘部もペニスで貫かれる錯覚に陥ってしまう。

ズブッ――！

（んん……体が熱い）

再び、熱い滴りがパンティに落ちてくる。

「そろそろイクぞ」

田辺がフィニッシュに向けて、速度をあげていく。

ズブッ、ジュブ……！

渾身の連打を見舞うたび、田辺の筋肉が激しく隆起している。それにつれて、ふたりの喘ぎと息づかいが濃厚になっていく。

ズチュッ、ズチュチュッ――！

「アンッ……会長、私もそろそろ……」

「では、一緒にイクぞ」

ぶつかり合う肉が盛大な打擲《ちょうちゃく》音を反響させた。

肉がめりこみ、粘膜が溶け合うさまを、美里は息をひそめて見入っていた。

「イク……イッちゃう」

「ようし、涼子の中に、ぶちまけるぞ」

とどめとばかりに田辺は渾身の力をこめ、最後の一撃を浴びせた。

さながら、ドリルがトンネルを掘り貫くように。

ドクン、ドクン――。

「オッ、ォオオオウ！」

「ハアッ……ヒイイッ……！」

目いっぱいまで上体をのけ反らせた涼子は、乳房をバウンドさせ、咆哮をあげた。

ギュッと瞑った瞳の端から、歓喜の涙が滲んでいる。

興奮にまだらに染まる肌、飛び散る汗と、甘酸っぱい体液の匂い――。

子宮口で勢いよく飛び散るザーメンが、美里の脳裏に思い描かれた。

第二章　お口で殺菌を――

1

「アチチッ！」

「あっ、お客さま、申し訳ございません」

紙コップからコーヒーが、バシャリとこぼれた。

乗客のズボンの股間から太腿にかけて黒いシミが広がっている。

「だ、大丈夫ですか？」

丸尾奈々は真っ青になった。

男性客の顔が激しく歪んでいる。見たところ、二十二歳の自分よりも三、四歳年上のビジネスマンといった感じだ。

紺のスーツに糊の効いたワイシャツ、水色のジャガード・ストライプのネクタイが決まっている。

きりりとした太眉に、一重《ひとえ》の目も誠実そうだ。すぐさまシミを拭おうと、おしぼりを股間に当てると、硬い膨らみに手が触れた。

「あっ……」

反射的に手を引っこめた奈々に、青年も気まずそうに顔を赤らめる。

「大変！　すぐに氷で冷やさなくちゃ」

ミニスカをひるがえし、慌ててギャレーに戻った。

「あら、どうしたの？」

先輩CAの美里が、顎を押さえながら訊いてくる。

可哀そうに、二日前にお局CAの涼子に誘われ、VIP客である田辺化粧品の会長と3Pを交えたらしい。

その顔には疲労が十分に残っている。

しかし、当の田辺がご満悦と聞いて、上層部の美里に対する評価は高まったのだった。

さすが、スカイアジアの看板CA、美里先輩だ。

この調子で傾きかけたピンキー航空を急上昇させてもらわなきゃ。

「ふふっ、美里先輩、作戦成功です」

奈々はとびきりの笑顔を美里に向けた。

「えっ、何のこと?」

「い、いいえ。こっちの話です。実は……タイプの人を見つけたので、わざとコーヒーをこぼしちゃったんです」

奈々はペロリと舌を出した。

「わざとですって?」

唖然とする美里を「まあまあ」と制し、奈々は冷水に浸したハンドタオルで冷たいおしぼりを作り、棚の救急箱から軟膏を取り出した。

「大丈夫です。これから彼とお近づきになってきますね。私には私なりの接客法があるんです」

ウィンクを返すと、奈々はぷりぷりと尻を揺すってキャビンに向かった。

今日の羽田—鹿児島・最終便はいつになく客もまばらだ。

このチャンスを逃す手はない。

「お客さま、先ほどは申し訳ありません。冷たいおしぼりと、念のためヤケドに効く『クロロマイセチン軟膏』をお持ちしました」

奈々が再度、丁重に詫びると、

「もう大丈夫さ。おしぼりで十分シミも取れたし」

青年は勃起のことを忘れてほしいと言わんばかりに、顔をそむけた。

「いえ、ヤケドの確認をするのが規則ですので、どうぞこちらへ」

「ヤケドの確認？」

青年の目の色が変わった。

「さあ、早く」

「おいおい、君、強引だぞ」

そう困惑顔を見せるも、彼は引かれるまま素直に歩みを進めてくる。

後方の広い化粧室に入ると、ガチャンと内鍵を閉めた。

「では、ズボンをおろしていただけますか？」

奈々は熱い視線を向けた。

「ここでズボンを脱げって……？」

あまりにもストレートな物言いに、青年は顔を紅潮させながら、戸惑いを見せた。いや、困惑半分、好奇心半分といったところか。

「恥ずかしがることありませんよ。ズボンをおろして、便座の上にお座りくださ
い」

蓋をした便座を示し、奈々は笑みを深める。

「う、うん、それじゃ……」

ベルトを外し、おずおずとズボンをおろすと、黒のブリーフが顔を出した。

「あ……」

中心をモッコリ膨らませてしきりと照れる青年の前で、

「では、あとは私にお任せくださいね」

ひざまずいた奈々は、下着の両側に手をかける。

そのまま一気におろすと、勃起がバネ仕掛けのようにぶるんと飛び出した。

「おおっ」

「まあ」

便座に座らせた青年の股間を、奈々はしげしげと眺めた。

ふさふさの陰毛からそそり立つペニスは、包皮が剝けきって真っ赤なマツタケ
のように傘を開いている。

「う～ん、少し赤みがありますが、ヤケドは大丈夫そうですね」

人差し指で亀頭をチョンとつつくと、

「ううっ」

血管の浮き出た肉棒がビクンと跳ねあがった。尿道口から透明な汁をドクドクと吹きだし、化粧室の照明を反射させている。

ツンと鼻を突く男の匂いが、鼻孔を刺激した。

「それにしても、お客さまのモノ、とてもご立派」

長さは普通だが、ずんぐりと肥えた太さは、なかなかの逸品。

奈々の細い指が肉胴を握り締めた。

「えっ、そんなこと……」

彼の顔は、亀頭に負けず劣らず紅潮している。

「大丈夫ですよ。ちょっとだけマッサージしますね」

軽く握ったまま、包皮を剝きおろし、再びかぶせあげた。

その動作をくりかえし、徐々にスピードをあげ、しごいていく。

「くうう……っ」

青年は歯を食い縛り、天井に大きく息を吐いた。

ネチャ、ネチャ……。

　あふれる先汁が卑猥な粘着音を奏でる。エンジンの音に混じり微妙なハーモニーを形づくった。

「痛みます？」

「い、いや……痛くはないが」

「変ねえ、こすればこするほど、硬くなってきちゃったわ」

　奈々は吐息がかかるほど唇を接近させ、悪戯っぽくほほえんだ。

「お薬つけましょうか？　それとも……私のオクチで殺菌します？」

　先端からカウパーを吐き出す亀頭めがけて、フウウッと吐息を吹きかけた。

「うッ……」

「どっちがいいか答えてくれないと、やめちゃいますよ」

「じゃ、じゃあ、ＣＡさんの口で殺菌を」

「承知いたしました」

「そうこなくっちゃ」と、奈々は肉棒の根元をしっかりと支え持つ。

　差し出した舌を、男茎にヒタ……と密着させる。茎肌はつるりとしているが、太さがある分、舌全体を使って付け根からベロリと巻きつけねばならない。

こよりのような裏スジに沿って、チロリ……と舐めあげていく。

ガクガクと腰を震わせる彼を尻目に、ねちっこく、なおかつソフトに舐め回し、やがて亀頭を咥えこんだ。

「クウッ……」

「オォ……」

根元まで一気に咥えこまれた青年が、歓喜の唸りをあげた。

眉間に快楽の皺を刻みながら、歯を食い縛る彼の表情に、奈々もフェラチオに熱をこめていく。

舌を絡めながら、ジュポジュポと首を打ち振れば、彼はしだいに息を荒らげて、腰をもじつかせる。

「ああ、美人のCAにこんなことしてもらえるなんて……ハアッ」

青年は心底感激したように呟いた。

ジュポン、ジュッポン……。

個室内はエンジン音を圧するほど、フェラチオの吸引音で満たされていた。

しばらくすると、少し余裕が出てきたのか、

「ねえ、しゃぶってる顔、見せてよ」

彼がリクエストをしてくる。

コクンとうなずき、男根を頬張ったまま、奈々は大きな瞳で彼を見あげた。視線を外すことなく舌をまとわりつかせていくと、

「ああ……なんていやらしいCAなんだ。最高だよ」

青年は伸ばした手を、奈々の胸元へ忍びこませてくる。第二ボタンまで外してあるブラウスだ。手は容易にブラジャーに到達し、ブラごしの膨らみを揉みしだいてきた。

「ンンッ……ンンッ」

甘く鼻を鳴らすと、

「気持ちいいの？　もっと感じていいんだよ」

当初、困惑していた態度が嘘のように、手は大胆にも乳首を摘まんできた。

「アンッ……」

「君も気持ちいいんだね。嬉しいよ」

気づけばこちらがリードされていた。

敏感な乳頭を責められながら、奈々はさらに濃厚な吸引を浴びせていく。

カリのくびれをぐるりと舐め、尿道口に唾液を垂らしてはチュチュッと啜りあ

げる。

その間もずっと彼と見つめ合ったまま、視線を逸らさない。

グチュッ……ジュポッ……。

「どう、僕のオチ×チン、美味しい？」

「アフ……ンンッ、お客ひゃまのオチ×チンほってもオイヒイでひゅ……」

「もう一度、オチ×チンって言って」

青年は目を血走らせた。

「ヤアン、恥ズカヒィ……」

咥えながら、いやいやと眉根を寄せた。

「お願い、ちゃんと言って」

誠実そうに見えて、意外にも言葉責めが好きらしい。

「ンンッ……オチ×……チン……オイヒイ」

「もう一度」

「オチ×チン……オヒシイ……」

彼はそれで満足したのか、それ以上要求することはなかった。

あとは奈々のペースだった。頬をすぼめ、口の粘膜を肉棒に密着させては、圧を調節しながら吸い立てていく。

小刻みに揺れる彼の太腿が、ガクガクと痙攣《けいれん》し始める。必死に下唇を噛み締める表情が、顔を見ずとも奈々には見えた気がした。

ズチュッ、ヌチャッ……。

やがて首を股間にもぐらせ、重たげに揺れる玉袋を口に含んだ。

「クウウッ……」

グチョッ……クチュッ……。

肉竿をしごきながら、陰嚢を丹念にしゃぶり、吸い、ねっとりと舐め転がす。

「ううっ……こんなことまで……」

ハアハアと息を荒らげながら、青年は便座の上で腰を使い始めた。

「ンンッ……お客さまったら、タマもおっきいんだから」

肉棒を握る手はスナップを効かせ、立て続けにしごきあげた。

包皮を亀頭冠にぶつける勢いで強めにこすり、口に含んだ陰嚢も交互に吸引した。

「アアッ、もうだめだ、出るッ、出るッ！」

彼がそう叫んだ瞬間、

ドクン、ドクン――！

間一髪で亀頭を咥えた奈々の喉奥に、勢いよくザーメンが発射された。

「……ッ、……ッ」

身を震わせながらしぶいた精は、水鉄砲のように喉の粘膜を直撃してくる。

「ンンッ……アン」

膨張していたペニスが、徐々にしぼんでいくと、奈々は放たれたザーメンを一滴もこぼさぬよう、チュパッと吸いあげ、唇を離した。

コクン――。

ひとおもいに呑み干すと、濃厚な精液が喉の粘膜に付着する。

生臭くはないが、若さに満ちた一番搾りがクセになりそうだ。

口端についたザーメンを舌で舐め取り、唾液とともに飲みくだす。

脱力し、茫然としている青年を横目に立ちあがり、鏡の中の自分を覗き見た。

ボブヘアもメイクも、それほど乱れてはいない。

身なりを確認すると、

「ヤケドはもう大丈夫みたいですね」

ＣＡらしく、たおやかな笑みを向けた。

「あ、ああ……もう平気だ」

彼もすっきりした面差しで、照れ笑いをする。

「では、ひと足先に出ますね。お客さまはごゆっくり」

ドアに手をかけると、

「待って」

彼が制した。

「えっ?」

「最終便だから、これで仕事は終わりだろう?」

「あ……はい。そうですが」

「鹿児島でいい温泉知ってるんだ。よかったらふたりで行かないか?」

「温泉? どちらの温泉ですか?」

「K郷の『桃園苑《ももぞのえん》』。今日は取材でひとりで泊まるんだよ」

「桃園苑? 取材?」

「ああ、実は雑誌の編集者なんだ。明日、会議だから着慣れないスーツだけど、一応キャリア四年の二十六歳さ」

彼はポケットから名刺を取り出した。

「ミツミ書房　第一編集部　瀬田正《せただし》」と記してある。

「まあ、あのミツミ書房！　私、ファッション雑誌の『クラウディア』、毎月読んでます」

奈々は目を輝かせた。

「ありがとう。僕は『夢旅《ゆめたび》』って旅行雑誌担当なんだよ。で、今回は温泉特集なんだ」

「『夢旅』？　美食とエステ付きのホテル特集はいつも買ってます。それにしてもすごいわ！　桃園苑は、九州でも屈指の高級温泉宿ですよ」

樹々に囲まれた川沿いの露天風呂は有名な美肌の湯で、料理も絶品。予約をしても、ゆうに一年は待たされるはず。

「どう？　一緒に行く？」

「行く、行きます！」

2

「奈々ちゃん、こっち、こっち。いい湯だよ」

月明かりの下、露天風呂に身を沈める瀬田の姿が、淡いランプに浮かびあがった。

「瀬田さんたら、もう浸かっているの？」

裸身にバスタオルを巻いた奈々が、川沿いの階段をおりると、広々とした石造りの風呂が広がっていた。

空には満天の星、川のせせらぎが耳に心地いい。

――フライトを終え、CAたちが鹿児島市内のホテルに着いたのが午後十時。息つく間もなく、奈々は彼にもらった名刺の携帯番号に連絡したのだった。タクシーをとばすこと三十分、桃園苑に着いた頃には、もう夜の十一時を回っていた。

旅雑誌の取材ということで、瀬田は今回特別に露天風呂を貸切っていたのだった。

「早くおいでよ」

岩風呂の縁まで来ても、なかなかバスタオルを取らない奈々に、瀬田は優しく促してくる。

「ええ……」

「恥ずかしいのかい？　せっかくの温泉だ。今夜は楽しもうよ。僕たち、フェラチオまでしてくれた仲じゃないか」

「え、ええ……そうね」

そうよ、こんな名湯めったに来られないし、今夜は大胆になってもいいわよね。

思いきってバスタオルを外した。

控えめな乳房がふるんと揺れる。瀬田がハッと目を見開くのがわかった。

色白で華奢な体、薄めのヘアが、ほの暗いランプに映し出されている。

（ああ、そんなに見ないで……）

さりげなく乳房とヘアを手で隠しながら掛け湯をし、そろそろと湯船に入る。

肩まで身を沈めると、

「んん〜、いいお湯……」

まろやかなお湯が、全身を包みこんでくれる。

岩壁に身を預け、目を閉じると、フライトの疲れがふっと軽くなった。

「静かね……癒されるわ」

風が木立を揺らす音と、川のせせらぎ、温泉の湧く音以外何も聞こえない。

と、胸元に何かが触れた。

目を開けると、いつの間にか隣に寄り添う瀬田が、乳房を揉もうとしているではないか。

「もう、エッチなんだから」

「仕方ないだろう、こんな魅力的な子と一緒に貸切りで温泉にいるんだ、何も起こらないほうがおかしいよ。それに……」

と、ここで瀬田は一拍おいた。

「さっき、奈々ちゃんだって、気持ちよさそうにフェラしてくれたじゃないか。ほら、もう乳首がカチカチだ」

瀬田の唇が乳首にかぶさってきた。

「アンッ……」

チュッ、チュパッ……。

湯の音に混じり、敏感に尖った乳頭が吸いしゃぶられる。

「アアンッ……」

奈々は背をのけ反らせた。

瀬田は、両乳房をすくいあげるように、やわやわと圧し揉み、舌と唇を使って器用に乳首をねぶり立ててくる。

湯の中でヒクつく奈々の秘唇から、じんわりと熱い蜜が湧き出てきた。

「ンンッ……瀬田さん……気持ちいい」

大自然の中、野外での淫行など初めてだ。スリルたっぷりのシチュエーションにときめいて、うっとりと彼の愛撫に身を任せた。

「浴槽の縁に腰掛けてくれるかな」

「え……？」

「奈々ちゃんのアソコを舐めたいんだ」

「そんな……」

「恥ずかしがらないでいいよ。さ、早くあがって」

促されるまま、奈々が岩の縁に腰掛けると、瀬田の両手が白い内腿にかかった。そのままぐっと広げられる。

湯に濡れた薄い恥毛を張りつかせたワレメが、瀬田の眼前にあらわになった。

「あん、恥ずかしい……」

夜とはいえ、ランプの灯が充血した奈々の淫花をあますことなく照らしている。切れ長の双眸《そうぼう》が、女園をじっとりと見つめている。

手で隠そうとすると、彼はそれを制した。

「奈々ちゃんのオマ×コ、ピンクですごくきれいだよ。ビラビラが小さいんだね」

股ぐらに顔を潜らせると、膨らんだ肉ビラに親指をあてがい、左右にめくりあげた。

「ああんっ……イヤ」

ヒクつくワレメに瀬田の熱い吐息がかかる。

「スケべな香りがぷんぷん匂ってくるぞ。可愛いクリちゃんもズル剝けだ」

言うなり、奈々の秘花にむしゃぶりついた。

「ハアンッ……そんなこと……」

「むううっ、濃厚なオツユがあふれてきた」

チュッ、クチュチュッ……。

「クッ……そんなに吸われたら……」

奈々は尻と太腿をガクガクと痙攣させた。

瀬田はなおも舌を躍らせ、濡れ溝をなぞり、クリトリスを吸い転がす。

欲望に突き動かされるまま、我を忘れるほどに、濃厚な舌づかいで奈々の体を溺れさせてくる。

「おおっ、クリちゃんが真珠みたいに膨らんできたぞ」

「ンンッ、ダメ……」

いやいやと首を振りながらも、恥ずかしい言葉のくりかえしに、いっそう体が火照っていく。

その一方でもっと卑猥な言葉を浴びせてほしいと、もうひとりの自分が叫んでいる。

奈々は後ろ手に身を支えたまま、蠢く舌先に秘裂や肉マメを押し当てていた。

ジュッ……クチュッ……。

「ああ、おかしくなりそう……」

太腿を震わせ、秘裂に甘美な舌の愛撫を受けながら、いつしか自分の乳首を摘まんでいた。

「ああッ……そんなに舐められると……」

「我慢できないかい？」

瀬田は余裕たっぷりに訊いてくる。

主導権を握られるのは癪だが、今は女の肉道を塞《ふさ》がれたくてたまらない。

フライト中に咥えた、あの野太いモノで思いきり串刺しにされたい。

「ンン……もうガマンできない……オチ×チン、挿れてほしいの」

奈々はM字に開いた太腿を震わせながら、股間にむしゃぶりつく瀬田に懇願した。

星空の下、樹々に囲まれた秘湯という状況が、いつもより奈々を大胆にさせていることに加え、瀬田の丹念な舌づかいは、一気に女の欲望を燃えあがらせた。

早くアソコを塞がれたい。

早く、早く――。

「お願い……」

濡れ溝を吸われながら、もう一度、哀願した。昂りは抑えきれず、自ら摘まんだ乳首をクリクリとひねりあげた。

「……もうダメ」

その声に、瀬田は蜜園にうずめていた顔をあげた。

「仕方ないなあ。よし、ハメる前にちょっとやってみたいことがあるんだけど」

「やってみたいこと？」

奈々はワレメをヒクつかせながら、首を傾げた。

「うん、潜望鏡さ」

「潜望鏡って……ソープのお姉さんがやるプレイ？　名前だけは聞いたことがあるけれど」

瀬田はニンマリうなずくと、

「さあ、まずはお湯に浸かって」

湯船の縁に座る奈々の腰を支え、湯中におろした。

対面すると、

「いいかい、僕が腰を浮かせるから、水面に出たイチモツをぱっくり咥えてほしいんだ」

「……難しそう。私にできるかしら」

「奈々ちゃんは湯の中で屈むんだ。じゃ、やるよ」

ジャポッ――！

瀬田の下半身が弾みをつけて湯面すれすれに浮かぶと、

「まあ、すごい」

水面には、ニョッキリとマツタケのようなペニスが顔を出した。月光を受け、ヌラヌラと光る様相が、ひときわ艶めかしい。

「さあ、早くしゃぶって」

奈々は屈んだまま顔を近づけてパクリと咥えこんだ。

そのまま瀬田の尻に手を添えて、もぐもぐと舌を絡ませる。

「ムフッ……スゴいわ……」

機内で射精したにもかかわらず、彼の肉棒は、奈々の口の中でさらに嵩を増していく。

「おお……いいぞ、もっと舌を絡ませて」

言われたとおり舌をまとわりつかせ、首を打ち振っていくと、まるで巨大なイモムシがのたうつように、ビクビクと頬の粘膜を圧してくる。

ジュブッ、ジュブブッ……。

卑猥な唾液の音が、秘湯を囲む岩に反響した。

「アン……こんなことしたの、初めて」

奈々は咥えた肉棒を徐々に締めあげ、強烈なバキュームを浴びせた。

ジュポッ、ジュポポポッ——！

「クウッ……奈々ちゃんのバキュームフェラ、最高だよ。も、もう出そうだ。うっ」

当初、余裕綽々《しやくしやく》で潜望鏡を楽しんでいた瀬田の尻が、湯の中で震えだした。

口内の漲りも、いっそう激しく脈動を刻んでいる。

と、奈々は慌ててペニスを吐き出した。

「イッちゃダメ！　早く私に挿《い》れて」

二度も口内発射されてはたまらない。

昂ぶる女体の疼きを、一刻も早く収めてほしい。

今度こそ、この太棒で女の媚肉を思いきり貫いて――。

「ごめん、ごめん。おっ、ちょうどいい岩があったから、ここに座るね」

瀬田が階段状になっている岩に腰をおろす。

「さあ、僕にまたがって」

その言葉に、奈々はそろそろと足を伸ばし、対面座位の体勢を取った。

「温泉に浸かりながらするのって、ドキドキしちゃう」

尻に亀頭がツンツン触れてくるではないか。

「あん、お尻に先っぽが当たってる」

「カリのくびれやスジの凹凸がアソコに当たって気持ちいいだろ」

瀬田は控えめな乳房の膨らみを見ながら、下半身を揺らめかせた。

肉棒がヌラヌラすべるたび、これから貫かれる期待が皮膚の下から這いあがってくる。ヒクつく襞奥から、新たな蜜が湯の中に溶けていく。

「ンンッ……早く欲しい」

切迫した声で結合をねだると、

「じゃあ、そろそろハメてあげるよ」

華奢な腰を摑んだ瀬田は、張りつめた雄肉の先端をワレメにあてがった。

狙いを定め、腰を突きあげる。

ズブッ、ズブズブッ――！

「アッ……アァアアアッ……！」

粘膜を割り裂かれる衝撃に体をのけ反らせた瞬間、充血した女肉をこじ開けながら、ヌルヌルッと野太い男根がねじこまれた。

「くううッ……！」

悦楽の悪寒《おかん》が、背筋から脳天へと突き抜ける。

広がった女の肉輪の隙間から湯が浸みこみ、その分だけ、より圧迫が増していく。

「ハアッ……キツイ。奈々ちゃんのオマ×コ、すごく締まりがいいよ」

感嘆のため息を漏らすと、彼はゆっくりと腰を使い始めた。

ジュポッ、ジュポポッ……。

「はううっ……ああ」

奈々は、かつて味わったことのない快感とスリルに耽溺しながら、ペニスの動きに合わせて、尻を振り立てる。

「んんっ、体が溶けちゃいそう……」

漏れ出る吐息とともに、瀬田の唇に熱いキスをした。

対面座位のまま肉をえぐる瀬田に熱い唇を押しつけながら、奈々も湯の中で激しく腰を揺らめかせる。

ジュボボッ……ジュポポッ……！

浮力で思うように抜き差しできないもどかしさが、逆に興奮を煽ってくる。

「ハァア、気持ちいい……」

乳房をせりあげると、身を屈めた瀬田がピンと立った乳首を口に含んだ。

「あう……」

「乳首、弱いんだろう。いっぱい吸ってあげるよ」

よく躍る舌先が刺激を強めてくると、吸われた乳頭から甘美な痺れが子宮へと流れてくる。

「おっ、乳首をしゃぶると奈々ちゃんのアソコもキュンキュン締めつけてくるぞ。

こりゃいいや」

言いながら、差し出した舌先で乳頭をくじり、弾きだした。

「あうっ……くうっ」

奈々も瀬田の後頭部を掻き抱いた。

歓喜にわななく膣襞が、ペニスをギュウギュウ締めあげていくと、奈々は、彼の首に手を回したまま、腰を大きくグラインドさせた。

結合部を支点に、あらゆる角度で女襞にめりこむペニスがたまらなく気持ちいい。

ジュポッ……ジュポポッ……。

「ァ……くうっ」

「すごいよ。オマ×コがビクビクしてるの、自分でもわかるかい?」

瀬田は鼻息を荒らげた。

「う……ン……わかるわ。瀬田さんのオチ×チンも私の中でドクドクしてるのよ……ねえ、バックからも挿れて……」

瀬田の耳元で奈々は甘やかに囁いた。

「奈々ちゃんは本当にエッチなCAだな。ますます好きになったよ」

「……嬉しい」

ほほえみながら、奈々は弾みをつけて結合を解いた。

「おおう」

「あんんっ」

ふたり同時に唸ると、熱い湯が女の秘口に流れこんでくる。

「うふ……次は後ろから」

立ちあがった奈々は、一段上の岩場に昇り、膝下だけ湯に浸たした状態で尻を突きだした。

「こうやって岩に摑まってるから、瀬田さんは思いっきり突いて」

自分でも大胆だと思いながら、女の濡れ溝を瀬田の目前に見せつける。

「よーし、バックから串刺しだ」

背後に立った瀬田は、華奢な腰をしっかりと支え持つ。

亀頭が蜜口にあてがわれると、潤んだ媚肉が物欲しげにヒタ……と密着した。

「たっぷり濡れてるからズブッといっちゃうね」

「ええ……」

心持ち足を開いて体勢を整えると、

ジュブッ——！

凶暴なほど猛り立つ漲りが、膣肉を割り裂いてきた。

「クウッ……アアアンッ」

湯の中では感じられなかった獰猛さで、瀬田のペニスが子宮口まで到達する。

「ああっ、すごい」

悦びに咽びながら、奈々も突きあげた尻を、右へ左へと振り立てる。

「奥まで届いてるの……ああん、すごいわ」

粘膜にズンズンとめりこみ、いっそう結合が深まっていく。

「おお、当たってるよ。奈々ちゃんのここ、本当にキツイ」

深く息を吐きながら、瀬田はじっくりと肉を馴染ませるように、角度と深度を変えつつ、抜き差しを始める。

ズジュッ、ズジュジュッ——！

いくぶんか強まった風が木立を揺らした。

立ち昇る湯けむりにまぎれ、律動の音が、夜闇に響き渡る。

粘膜が引き攣れるほどの摩擦が、二十六歳の男の興奮と旺盛な精力を伝えてきた。

「んんっ……おへそまで届いてる！」

その言葉に気をよくしたのか、彼は怒濤の乱打を浴びせ続ける。

「まだまだ、もっとヨガらせてやる」

パンパンッ、パパパンッ——！

「ああんっ」

奈々は岩に爪を立てた。

一打ちごとに響く衝撃が、結合部から脳天まで貫いていく。

ふたりの嬌声に重なるように、どこかで夜鳥が鳴いた。

貸切りとはいえ、誰かが見ているかもしれないスリルも手伝って、肉体はいっそう昂揚していく。

尻を摑んだ瀬田の指が、痙攣する肌に深々と食いこんだ。

風呂の中では不確かだった互いの吸着具合が、湯の外でははっきりと味わうことができる。

「このままガンガン突きまくってやる」

ギリギリまで引いた剛棒で、瀬田は連打を見舞ってきた。

グチュッ……グチュッ……パンンッ、パパパンッ！

「あん……はぁんっ」

卑猥な粘着音に煽られたのか、奈々の手は肉の鉄槌を浴びせる彼の股間に伸ばし、重たげに揺れる陰嚢を摑みあげる。

「おお……おおう」

意表を突かれた瀬田が、一瞬だけ打ちこみを弱めると、

「んんっ……やめないで……」

反射的にそう告げていた。

今は気が遠くなるまで、貫かれたい。

「あん……もっと欲しいの……」

女壺はとり憑《つ》かれたように、肉棒を締めあげていった。

「もっとよ……」

岩に手をついたまま、奈々は自らも尻を振り、揺さぶる。

握った陰嚢を揉みしだきながら蠢く手が、蟻の門渡りをなぞりだすと、背後で「くうう」と低い唸りが聞こえた。

荒い息を吐きつつ、瀬田の両手は、いつしか揺れ弾む乳房を包みこんできた。

上下に揺れる乳首を摘まむと、

「アアンッ……アアッ」

「おお、また締まってきた、締まってきた」

嬉しそうに、乳頭をひねりまくる。

「ここを責めれば、奈々ちゃんのオマ×コがぎゅうぎゅう締めつけてくるんだから、たまらないよ」

言いながら、指は万力のように乳頭を潰してくる。

見あげた天空の星々が曇り、景色がぼやけてゆく。

「アア……もう限界」

そう言いかけたとき、
パシン――ッ！

「ひいっ」

乳房を揉んでいた瀬田の両手が、いきなり奈々の尻たぼをぶってきたのだ。

パシーン！

「あんんっ！」

再び叩かれると同時に、鮮烈な打擲音が闇に鳴り響く。

痛みと驚きに総身をこわばらせた。

しかし、これが幸いしたのか、再び膣襞がペニスを締めあげたのだ。

ダメ押しのように、瀬田はもう一度、尻ビンタを浴びせてきた。

「アンッ……瀬田さん、痛い」

しかしその痛みは、このうえない甘美さに満ちていた。

それがわかっていたかのように、じんじんとひりつく痛苦を感じる間もなく、ペニスが下方からGスポットを執拗に突きあげてくるではないか。

パンッ、パパンッ……ズチュチュチュッ！

「ああっ、ああっ」

奈々は獣じみた悲鳴をあげた。

肉と肉、粘膜と粘膜がぶつかり、熱く溶け合っていく。

抜き差しはなおも容赦なく浴びせられる。それればかりか、痛みと挿入との相乗効果で、全身が性感帯になったかのような敏感さをともなうのだ。膣上部が異常なほど熱を帯び、女襞の一枚一枚がざわめいている。

「んんんっ……もう、イキそうよ……」

差し迫った喘ぎを漏らすと、

「僕もそろそろ出そうだ、おおっ……アアアッ」

瀬田も切迫した口調で、再び奈々の双臀を摑んできた。一打ごとに引き寄せられる尻が、いきり立つ男根をズブズブと呑みこんでいく。

「ああっ、くうっ」

「オオッ、チ×ポがちぎれそうだ……奈々ちゃん、イクよ。このまま中に出すよ」

「ええ、いっぱい出して……アァアンッ」

身を裂くほどの乱打に、奈々は四肢を踏ん張った。

絶頂はもうそこまで来ている。

ああっ、イキそう！

イク……イッちゃう！

「アンッ……イクぅぅぅッ！」

「おぉおおっ」

最奥まで穿たれた体が、限界までのけ反った。

ドクン、ドクン――！

甲高い唸りとともにほとばしる欲望の飛沫が、奈々の体内に存分に噴射された。

第三章　乱気流

1

「美里さん、これ台本だから」

沖縄へ飛行中のギャレー内、お局CA・涼子が小冊子を手渡してきた。

「台本……ですか?」

「聞いてなかったの? 今日は『劇団パンキュラス』の貸切りフライトでしょう? 沖縄公演に向けての最終稽古をするから、CAも全面協力するの」

田辺との3Pプレイ以来、涼子はいくらか優しくなったものの、その高圧的な口調には、「新参者はまだまだ認めないわよ」という威厳が満ちていた。

それより、話の意図がよく摑めない。

「劇団パンキュラス」とは、人気急上昇の、男だけのパフォーマンス集団である。

劇団員は十代から七十代まで、三十名。

アグレッシブで前衛的なものから、涙を誘うヒューマンドラマ、はたまた全身に金粉を塗っての意味不明な舞踏を披露したりと、奇抜さに関する話題には事欠かない。しかも、観客の参加あり、アドリブありの演出がものの見事に当たり、今もっとも熱く、注目を浴びている集団なのだ。

その人数なので、約百六十席のキャビンは、比較的ゆったりとしている。

しかも、前側の座席二列を取り去った機内は、舞台稽古にうってつけだ。

手渡された台本をめくると、なるほど、今回は航空業界をテーマにした演目であることがわかった。

「つまり、沖縄到着までの二時間半、キャビンで稽古をするってことですね？」

「ええ、気流も安定してるし、あなたもしっかり演じてちょうだい」

「でも私……演技の経験などないです……」

モデル時代にドラマのチョイ役は経験済みだが、舞台役者の求める演技には及ばない。

「大丈夫、役者に合わせて適当にCA役をやってればいいんだから。何よりも、アドリブが売りの劇団よ。多少のハプニングがあったほうが面白いんじゃない？　じゃ、たのんだわよ」

そうほほえむと、キャビンへ消え去った。

（涼子先輩ったら、相変わらずワンマンなんだから）

ため息まじりで、台本をめくっていたところに、

「キャーッ!!!」

キャビンから悲鳴が聞こえてくるではないか。いや、悲鳴と言うより絶叫だ。ハレンチな劇団員がおさわりでもしているのだろうか。

慌ててギャレーのカーテンを開けると、

「てめえら、騒ぐな！」

Tシャツにデニム、目出し帽をかぶった男が、いきなり美里を羽交い絞めにしてきたのだ。前方の空きスペースで仁王立ちになり、じりじりと締めあげる上腕筋は石のように硬く隆起している。

少しでも力を入れられれば、美里の細い首などポキリと折られてしまうだろう。

（も、もしかしてハイジャック……？）

初めて体験する事態である。

機内は騒然となった。

まばらに座っている団員たちは微動だにせず、座席の隙間から息をひそめて前方を窺っている。

劇団員にまぎれ、まさかハイジャック犯がいる設定なんて——そうこうしてる間にも、力こぶの浮き出る二の腕が、美里の首を締めつけてくる。

（マズい……息ができない……ハイジャック時の対処法は……）

美里は、緊急事態訓練の記憶をたぐり寄せる——そう、ハイジャックへの対応は一にも二にも、逆らわないこと。

もし爆発物があれば、毛布に包み、キャビン右側後方にすみやかに移動すること。ええと、それから……。

「ちょっと、ＣＡさん、セリフセリフ」

犯人の男が小声で囁いてくる。

「えっ？」

「台本渡したでしょ。段取りどおりにやってくんなきゃ、稽古になんないよ」

「も、もしや、これが……？」

唖然とする美里に、男は、

「ま、いっか。どうせ俺らはアドリブが売りだからな」

と呟いて、美里の頬にナイフを突きつけると、声高らかに雄叫びをあげた。

「いいか！　この飛行機は俺が乗っ取った。命が惜しけりゃ逆らうんじゃねえッ！」

ドスの効いた声が機内に響く。

しんと静まり返った刹那、後方からダダダッと靴音が響いた。

見れば、必死の形相で通路を走ってくる涼子ではないか。

涼子はハイジャック犯の足もとにひれ伏すと、

「わ、わかりました。言うとおりにしますので、お客さまのお命だけは、どうか、どうかお助けを～！」

目に涙を浮かべ、時代劇の町娘《まちむすめ》も真っ青の迫真の演技ですがりついた。

「いい度胸だ。気に入ったぜ」

「ああ、お慈悲をありがとうございます」

涼子は大仰に頭《こうべ》を垂れる。

「さっそくだが、そのセクシーな制服を脱いでもらおうか」

「えっ……？」

男を見あげた涼子の顔が赤らんだ。

こんな流れだったかしら……？　とでも言いたげに、ミニスカのポケットから台本を取り出そうとすると、

「できないのか？」

「い、いいえ……私たちはどのようなお客さまにも誠心誠意、お尽くしいたします」

慌てて手を引っこめる。

困惑をあらわにするも、乗客の命が一番と言ってしまった手前、従わざるをえない。

「よし、じゃあ、脱ぐんだ」

「は、はい……」

涼子はその場にすっくと立ちあがった。

劇団員を一瞥すると、震える手をブラウスのボタンにかけた。

ひとつふたつと外していくと、目も眩むような真紅のブラジャーに包まれた巨乳が、深い谷間を覗かせる。

田辺との３Ｐで美里も見た、あの悩殺的な乳房だ。

「うひょ～。たまんねえオッパイだな」

犯人役は嬉々として声を張りあげた。

もちろん、客たちも目を皿のようにして見入っている。

「ＣＡさんよ。さっさとブラも取ってもらおうか」

「は、はい……」

涼子が背中に手を回してホックを外し、肩紐を抜き取ると、重たげな双乳がぶるんとこぼれ出た。

「おおっ！」

人質役の劇団員がいっせいに息を呑む。

（涼子先輩！　いくら何でもここまで協力するなんて）

美里が茫然とする中、つきたての餅のようにまろやかな乳房の上で、ツンと勃った乳首が見る間に濃紅に色づいていく。

「ヨダレもんだぜ。巨乳のわりには感度が抜群に良さそうだな。もう乳首を勃たせちゃってよお」

美里を羽交い絞めにしたまま、男は涼子ににじり寄った。この期《ご》に及んで何を興奮、いや、どこまでハレンチにエスカレートしていくのか。

男の手がたわわな乳房を乱暴に摑み、赤く尖った乳頭を摘まみあげた。

「ひいっ……あああっ」

涼子は総身をビクンとのけ反らせる。

汗ばんだ肌をピンクに染めあげ、玩弄する手指に身をくねらせながら、悩ましい喘ぎはしだいに艶を帯びていく。

豊かな乳肌は捏ね回されるごとに、ひしゃげ、うねり、大きくたわんだ。

くびり出た乳首はさらに尖り、卑猥に形状を変えていく。

そのたびに、涼子は「アンッ……許して……いけません……」と、体をよじらせるのだった。

その光景を見ていると、美里までおかしくなってしまう。

現に、パンティには熱い滴りが染みてきていた。

(いやん、もうやめて……)

否応なく田辺との夜を思いだす美里が心でそう叫ぶも、涼子に届くはずがない。

熟れきった体を持てあましている三十三歳、バツイチ美女の涼子だけに、溜まりに溜まった欲望を、これぞ絶好のチャンスとばかりに満たそうとしているに違いない。

その証拠に、ハイジャック役の手指にうっとりと身を預けている。

存分に乳房を堪能した男は語気を荒らげた。

「なかなか感度がいいな。次はスカートを脱いでもらおうか」

「承知いたしました……」

「せっかくだ、人質たちに前に来てもらおうぜ。おい、お前ら！　ＣＡのストリップだ！　前に来て存分に見やがれ」

その声に、乗客役の団員たちはぞろぞろと前に集まり始めた。

まるでそこにステージがあるかのように、涼子とハイジャック役、美里を囲みだす。

「さあ、準備万端。たのんだぜ」

「はい……」

陶酔しきった様子で、涼子はミニスカのホックに手をかける。

ストンと輪を描いてスカートが落ちると、キャビンはさらに緊張が走る。

老いも若きもとり憑かれたように見入っている。

「おお……」

「スゲえ……」

美里はあまりの過激さにくらくらした。

女の部分をおおっているのは、スケスケの赤いパンティである。恥肉にぴっちりと食いんだそれは、両サイドを紐で結ぶいわゆる紐パン。

黒光りしたアンダーヘアが見えて、卑猥なことこのうえない。

そして、艶めかしい美脚を包むのは、太腿までのストッキングだ。

「ほお、制服も色っぺーけど、下着もエロすぎだぜ。この淫乱CA！」

男の怒声が響く。

「ようし、ショータイムはまだまだ続くぞ。CAさん、両手を頭の上で組んでもらおうか」

「しょ、承知いたしました……」

命令どおり、涼子は両手を頭上で組んだ。

わざと全員に見せつけるように、胸を張り、つるりとした腋下をあらわにする。

「ほお、ワキの処理も完璧だな」

男はしみじみと感心の言葉を口にした。

細いウエストのわりに、たっぷりと量感ある乳房とヒップのコントラストは、もはや芸術品と形容していい。

エキゾチックな美貌も相まって、人質役の劇団員は生唾を飲んでいる。ある者は口許に笑みを浮かべ、ある者は鼻血を吹きださんばかりに紅潮させ、ある者は股間をもぞもぞとズボンの上からしごいている。

「いい格好だぜ。そのキレイな脚をもっと開いてもらおうか」

男は、美里を羽交い絞めしたまま、卑猥な笑みを浮かべた。

「はい……」

おずおずと開かれた脚が肩幅ほどになると、蜜の染みた極薄パンティが窓からの光を受け淫靡な光彩を放つ。

「それにしても、まさかＣＡがこんなエロい下着をつけてるとはなあ」

エロいどころか、甘酸っぱい匂いまでムンムンと漂ってくる。

「淫乱ＣＡにはお仕置きしないとな」

そう言うと、彼はパンティの前側をぎゅっと摑み、Ｔフロント状にしたのだ。

「あぁっ……」

両脇から陰毛がハミ出した。同時に、繊維が恥肉にギュッと食いこんだ。

「よーし、手は上で組んだままだぞ」

「ウッ、はい……」

苦悶の表情のまま、涼子は歯を食い縛っている。

「へへ、こうしたらどうかな？」

男の手は、パンティをクイクイとリズミカルに引きあげ始めた。

「ああっ、そんな……」

生地はいっそうワレメに食いこみ、女襞の形までをもあらわにする。

しかも、下着に吸収しきれない女蜜が、圧をかけられるごとにツツー、ツツーと脇から滴っているのだ。

「大洪水だな。もっと人質たちの目の保養をしてやるか」

男の手が、さらに引っ張りあげると、充血した肉ビラがぷるんと両脇から顔を覗かせた。

「クッ、いやあッ……」

キャビンに悲鳴が轟いた。涼子は耳まで紅潮させながら、ヒップをくなくなと揺らしだした。

そこには演技を超えたものを感じさせる迫力があった。芝居のつもりが本当に感じてしまったに違いない。

「ぐしょ濡れだぜ。いっそ、剝ぎ取ったほうがいいんじゃないか？」

そう鼻の下を伸ばすと、男は両サイドで結んでいた紐を解き始めた。

「ああんっ、ダメ……」

「どんなオマ×コしてるのか、人質たちに見せてやろうぜ」

「いやあっ……」

身をよじりながらも、内腿を伝う女汁はとどまることを知らない。

ダラダラと垂れ落ちる淫液は、太腿までのストッキングに妖しいシミを描いていく。

ハラリ――。

女汁をたっぷり吸ったパンティが、床に落ちた。

「イヤッ、アアアアッ……！」

パンティが落ちると、耳をつんざくような涼子の悲鳴が、キャビンに響いた。

バラ色の肌はいっそう赤みを帯びるも、手は健気に頭上で組まれ、脚も命令どおり肩幅に保ったままだ。

美里はシラけていても、周囲の雰囲気はエスカレートしていく。

「ほお、けっこう毛は濃いんだなあ。この調子なら尻まで生えてるんじゃないか？」

「はっ、生えてませんっ！」

必死に首を揺すって否定するが、体を揺らすたび、右へ左へと巨乳が躍るうえ、汗だくの体が異常に艶めき、淫靡さは深まる一方だ。

黒々とした陰毛は興奮に逆立っていた。

「どれ、確かめてやろう。後ろを向け！」

「い……いやです！」

羞恥に顔を歪めるが、肩を摑んだ犯人役に無理やり後ろを向かされてしまった。

「いいぞ、そのまま尻を突き出すんだ」

「ああ……」

涙声のまま突き出されたハート形のヒップに、皆の視線が集中する。尻肉は女の欲望がみっちり詰まったように丸々と熟れ、光る粒汗がいっそう煽情感を増幅させる。

「たまらねえなあ」

男は、羽交い締めにしていた美里を突き放し、ナイフをポケットにしまいこんだ。次いで、盛りあがった涼子の臀部を両手で摑み、左右に開いた。

「くうっ」

乗客たちの感嘆の声や鼻息が、「おお……」「ほおお」と、そこここから聞こえてきた。

充血した花びらがぽってりと顔を覗かせ、放射状に皺を刻むアヌスの周囲には、予想に違わず、黒々とした尻毛が肛門粘膜と皮膚にべとりと張り付いていたのだ。

「へえ、見事な生えっぷりだぜ。ほら、お前らもしっかり見ろ！」

男の手はヒップをさらに左右に広げ、じっくりと劇団員に見せつけた。

「ううっ……くく」

もっとも恥ずかしい場所を公衆に晒され、涼子は涙まじりで尻と背中を震わせた。

「エロいなあ」

「毛深い女はスケベだって言うしな」

「匂ってきそうだぜ」

しかし、蠢くたびにワレメからはあふれる恥液が、涼子の心情を物語っていた。好きモノの涼子のこと、被虐のヒロインを演じながらも、心の中では「もっと、もっと」と叫んでいるに違いない。

「よーし、台本どおり――じゃないが、次はマ×コの品評会だ。前に向き直れ」

興奮冷めやらぬ乗客を前に、男は涼子を前に向かせた。

相変わらず手は頭上で組んだまま、熟れた体を皆に見せつけるようにたたずんでいるが、その表情は羞恥以上に陶酔しきっているかに見えた。

「脚を閉じたままじゃ見えないだろう。片脚をあげて、股をおっぴろげろ」

「い……いくらなんでも、そこまではできませんッ！」

必死に拒絶するも、機内は異様な熱気に満ちていた。

男たちの目が爛々《らんらん》と輝きだした。雄の欲望剝き出しとなったギラつきようだ。オス――そう、獲物を狙う野獣と化していた。

「どうしてもできないのか？」

「で、できません……」

「状況がわかっているのか？　人質の命がかかってるんだぞ」

「……そ、それは」

「よーし、こうなったら力ずくだ」

美里が横で立ちすくんでいると、

「いいか、この淫乱ＣＡのエロマ×コをじっくり見てやれよ」

無理やり、涼子の左腿を抱えあげたのだ。

「あああんっ」

パックリと割れた紅肉色の女淫が男たちの前に晒される。

「おおおっ」

全員が身を乗り出した。

濃い陰毛に縁どられた秘唇は、真っ赤に充血した肉ビラがヒルみたいに膨れあがり、クリトリスが硬い尖りを見せている。先ほど、後ろから見た光景より数段卑猥さが増している。

匂い立つほど濡れた妖花は、呼吸のたびにヒクヒクと蠢くのだった。

「ァ……アア、許して……」

ここに至っても、いまだ頭上で腕を組む涼子に、美里は茫然と見入るばかりだ。

(ピンキーってここまでしなくちゃいけないの？　信じられない——)

そんな美里に追い打ちをかけるように、犯人はさらなる提案を持ちかけた。

「よーし、こうなりゃとことん行くぞ！　この淫乱CAにいたずらしたい野郎はいるか？　いたら手をあげろー！」

声高らかに叫ぶ男に、

「はい！」

「ほーい」

「へへ……じゃ、ワシも」

と、挙手が続いた。

2

「アンッ……そんなに見ないでください……」

脚を肩幅に広げてたたずむ涼子の股間の前には、ジャンケンで勝ち残ったふたりの男が座っていた。

ひとりは二十代と見られるメガネをかけた小太り男、もうひとりは痩せぎすの熟年男性だ。

両人とも、本当に劇団員なのかと疑うほど冴えない風体であるが、目ヂカラだけは異様に鋭く、文字どおり穴の空くほど、涼子の淫花を凝視している。

「ほ、本当に好きにしていいのかね？」

熟年の男がハイジャック犯を見あげた。

「ああ、松井《まつい》さんの好きなように触ってくれ。この淫乱ＣＡを思う存分ヒイヒイ啼《な》かせてやれ」

「な、舐めてもいいんですか？」

今度は小太りメガネが訊いた。目の前二十センチほどにある女肉を前に、鼻血でも噴き出しそうな興奮ぶりである。

「石沢《いしざわ》、お前にも許す」

それを聞くなり、石沢と呼ばれた男はがぜん鼻息を荒くする。

「イヤン……助けてください……」

くねくねと腰を揺する涼子は、しかし、明らかにふたりを誘惑している。もはや芝居ではない。淫らなダンスを踊りましょうとばかりに濡れ溝を突きだし、プンプンと匂うメスのフェロモンをまき散らしているのだ。

「じゃ、俺から失礼」

松井は節の目立つ人さし指を差しだした。

「まずはこうだ。ほれ……チョン、チョンと……」

続けて、涼子の花びらのあわいをツンツンとつついた。

「アアンッ……クウッ」

尻を振り立ててヨガリ啼く涼子に、松井は得意げな顔をする。

「ふふ、俺もまだまだ捨てもんじゃないな。おなごは皆ここが弱いんだ。ほれ、チョン、チョン……」

「あんっ、あんっ！」

「そんな触り方、古いですよ。今はこうです」

今度は小太りメガネの石沢が、中指でクリトリスをクリクリと転がした。

「ヒイッ……ぐぐぐ」

涼子が身をのけ反らせて全身を痙攣させると、

「ほらね、僕のほうがヨガってるでしょ？」

石沢はドヤ顔を作る。

「な、何を！　俺だってそれくらいのテクニックは持ってるぞ！」

今度は松井が、ガシッと涼子の尻を摑み、淫裂に顔を寄せた。

クンクンと鼻を鳴らし、

「おお、久しぶりに嗅ぐおなごのアソコの匂い……」

そう深呼吸をしながら、真っ赤な舌を差し出した。

蜜を湛えた秘裂に沿ってあてがわれた舌先で、ツツーッと舐めあげると、

「あう……くうっ」

涼子は自ら股間を松井の顔に押しつけ、悲鳴を噛み殺した。

ジュルッ……ジュルルッ……。

しんと静まり返るキャビンには、淫らな唾音と、涼子の喘ぎが響いていた。

「おお、おお、あふれてきおった。こりゃ大洪水だ」

松井は淫口にむしゃぶりつくと、なおも愛蜜を啜りあげた。

ジュルッ……ジュルル……ピチャピチャッ……。

「ヒッ……ああっ……」

松井の壮絶な吸引に、涼子は全身をのたうたせ、巨乳を揺すり続ける。

「いやぁん……お客さま、いけませんってば……」

しかし言葉とは裏腹に、ぐいぐいと押しつける女襞のせいで、松井の顔面は瞬くまにベトベトになった。

ムニュッ、ネチョッ……！

「ウググッ……息が、息ができん！　ストップ、ストップ！」

力ずくで責め立てる腰振りに、松井が待ったをかけた。

ヌンチャッ——！

盛大な粘着音とともに、何とか顔を離した彼は、

「ふう、危うく窒息するとこだった。しかし、久しぶりのおなごのおシルは美味いな」

淫蜜まみれになった顔をほころばせ、実にご満悦なのである。

こうなって面白くないのは石沢のほうだ。

「じゃ、僕も遠慮なく舐めさせてもらいますよ！」

そう声を荒らげ、舌を思いきり伸ばした。

「おお！」

機内が騒然となったのも無理はない。ベロリと出された舌は、軽く十五センチはある長大なもの。蛇のようにレロレロと蠢かせながら、

「僕の自慢はこの異常に長い舌です。これでズブズブ突いてやると、女はたちまち腰砕けですよ。まあ、見ててください」

言いながら、涼子の腰を引き寄せ、開ききった花びらの中心に、まずはズブリと一撃を見舞った。

「アウッ！」

女体がガクンと浮きあがる。

ズブッ、ジュボッ……ジュブブブッ……。

「ろうれす？　なかなかのものれしょう？」

石沢は逆立つ陰毛に顔をうずめ、首振りの速度をあげていった。

「ああっ……すごいわ……クウッ」

予想外の苛烈な舌づかいに、涼子は歪めた顔をさらに真っ赤に燃やし、獣のごとく悶え啼いた。ズブズブ穿たれる高速ピストンに、

「も、もう限界……」

全身を小刻みに痙攣させながら、ぐらりと崩れ落ちた。

「おおっと」

目出し帽をかぶった犯人が抱きあげるも、完全に意識を失っている。

「こりゃ、まいったな。たいしたCAだ」

キャビンがざわめく中、石沢だけが得意げに舌なめずりをした。

「おい、こいつをどこかで寝かせてやれ」

「は、はいっ！」

美里は、手早く上の棚から毛布を取り出すと、裸の涼子を頭からすっぽりくるみ、前方のギャレーへと運んだ。

（とりあえず、ここに横になってもらいましょう）

急な揺れに備えて、予備のベルトでしっかりと固定した。

美里がキャビンに戻ると、

「す、すみません！」

そう声をあげたのは、今までキャビン後方にいた二十一歳の有栖川《ありすがわ》ユリである。

成城育ちのお嬢さまで、美里と同じ出向組ＣＡ。

今日がピンキーの初フライトである。

「何だ？」

犯人が訝しげに訊いた。

「わ、わたくし、まだ殿方を知りません。どうかこの場で処女を奪ってください」

ユリは毅然と言い放った。

3

「処女を奪えって、あんた本気か？」

ハイジャック犯役のリーダーが素っ頓狂な声をあげる。

いや、美里を始め、機内にいる全員が息を呑んでいる。

生粋のお嬢さまであるユリは、大きな瞳が印象的なフランス人形のようなＣＡだ。艶やかで形のいい唇を震わせた彼女は、おっとりした口調で話し始めた。

「わたくしの家は両親が厳しくて殿方とのお付き合いも許されず、二十一歳の今まで、接吻すらしたことがないのです。これも何かのご縁、どうか操を捧げさせてくださいませ」

その言葉どおり、ユリは訓練時代から世間知らずで、どこか浮世離れした令嬢のオーラをまとっていた。

あまりの切実さに、静まり返ったキャビンだが、

「面白い。ここで処女喪失ってことだな。やってやろうじゃないか」

そのひとことですべてが決まった。

機内が殺気立ったのは言うまでもない。

爛々と光っていた男たちの目が、さらに凶暴に血走っている。

「問題は、誰が彼女の処女をもらうかだな」

皆が首を傾げたところで、

「ちょっと待ってください」

美里が口を開いた。

「ユリ、よく考えなさい。本当にこんな形で処女を失くしていいの？」

その問いかけに、ユリは長い睫毛を伏せて口籠る。

「おい、ＣＡさん、水を差さないでくれよ」

「そうだ、本人がいいって言ってるんだ。文句ないだろ」

メンバーの乗客たちは聞く耳を持たない。

「わたくし、涼子先輩の感じる姿を見ているうちに、もう決めたんです。早く女の悦びを知りたいと――」

そう頬を赤らめると、毛布にくるまれ、ギャレーで気を失ったままの涼子を羨ましげに遠目で見る。

「処女を奪うお相手は、先ほど涼子先輩を失神させたおふたりにお願いしたく存じます」

「ええっ！　俺か」

松井が叫ぶと、

「ぼ、僕も？」

石沢も、眼鏡を曇らさんばかりに細い目を見開いた。

機内は歓声と落胆と不満の声でざわめきだした。

「では、制服を脱がせて頂きます」

前に出て一礼したユリは、手早くブラウスを脱ぎ、一気にスカートをおろした。

「おお」

「ほおおお」

現れたのは、処女のイメージとは程遠く感じられる、真珠のような艶めきを放つ、グラマラスな肢体だった。

二十一歳の白肌は一点の濁りもクスミもない。

まごうかたなき穢れのない処女の素肌だ。すべらかな肌にまとっているのは、純白のブラとパンティ、極薄のストッキングのみである。

乳房は推定Fカップ。ふっくらした股間を包むパンティがぴっちりと食いこみ、女の美里でさえ興奮を抑えられなかった。

若い肉体の残酷なまでの神々しさである。

「ほお、いいカラダだな。じゃあ、公開処女喪失といくか。ご指名のおふたりさん、たのんだぜ」

その声に松井が立ちあがった。

ユリの背後に接近すると、うなじに鼻先をあてがい、クンクンと鼻を鳴らす。

「ほお、生娘の匂いだ。さっきのベテランCAとは、また違って初々しいねえ」

石沢は床にしゃがみ、純白のパンティの股間を凝視する。

「ぼ、僕はバージンの相手は初めてですが、風俗での経験を生かせるといいんだけど」

「おふたりとも、たのもしいお答え。ありがとう存じます。では——」

背中に手を回しブラを外そうとするユリに、石沢が制止した。

「ダメダメ、下着を取るのも男の楽しみなんだから、ユリちゃんはそのまま立っててて。それに、まずはキスからでしょ？」

「えっ、接吻から？」

4

「ユリちゃん、目をつぶっててな」

ファーストキスの相手は、ジャンケンで勝った松井に決まった。

「はい。お願いいたします」

ユリは純白の下着姿で姿勢をただし、目を瞑る。

全員が息を呑む中、松井の手がユリの頬を引き寄せ、
チュッ──。

記念すべき、ファースト接吻の瞬間だった。

「ンン……」

頬を染めながら、ユリは松井の唇にうっとりと身を任せる。

「何という柔らかさ。たまらんねえ」

「あ、ありがとうございます。殿方の接吻は、煙草の味がするのですね」

恥じ入るユリに誰もが見惚れている。

「じゃあ、次は僕が」

焦れた石沢がユリの両肩を抱き、いささか強引に唇を押しつけると、

「ンンッ……アウウ」

さっそく自慢の長い舌を挿入した。

「ほら、ユリちゃんも一緒に舌を絡めて」

「は、はい……」

その言葉に従い、チュパチュパと吸い絡めては、濃密なキスに応じていく。

「ハアッ……先ほどは煙草の味でしたが、今度はフルーツガムの味ですね」

ユリは意味不明の不思議な発言をする。

先ほど脱いだユリの制服は、すでに乗客たちの手に渡り、順番に匂いを嗅いだり、股間になすりつけたりと好き放題だ。

そんなユリは、チラと腕時計に視線を落とすと、

「大変申し訳ないのですが、那覇空港到着まで時間がないので、すぐにでもわたくしの体を……」

彼女は早く脱がせてとばかりに胸を突きだした。

「おお、そうだったな」

「ブラは僕が外させてください。松井さんは彼女の初キスをもらったんだから」

「よかろう、俺は下半身を脱がすぞ」

一致団結したところで、ふたりは下着に手をかける。

ブラホックを外した瞬間、マシュマロのような乳房がこぼれ出た。

「ほおお」

「さすが処女のオッパイだ」

美里を始め、誰もが感動せずにはいられない美巨乳だった。

形の良い極上のまろみ。粒立ちの少ない乳輪の上には、初々しい桜色の乳首が恥じらうように勃っている。

「こんなキレイなオッパイ初めてだ。まだ誰も触ってないんだよね？」

「ええ……もちろんです」

ムチムチした石沢の手が、両脇からすくいあげるように乳房を揉み始めた。

「あ……ああ」

手の動きに合わせ、乳肌は餅のごとく形を変え、指を沈みこませた。

「ほら、だんだん乳首が勃ってきたよ」

「あん……こんな気持ちいいものだったなんて――」

「じゃ、舐めてあげるからね」

卑猥に濡れた唇が、ツンとした乳首を口に含む。

「あう……」

チュパッ……チュパッ……。

「ハァん……気持ちいいですぅ……」

ユリは白い喉元を反らせながら、細い肩をがくがくと震わせた。

「では、こちらも失敬」

パンティとストッキングに手をかけた松井が、一気に引きおろすと、淡い恥毛がふんわりと顔を覗かせた。

「おっ。これが生娘のオ×コか。ありがたや、ありがたや」

うっすら見えるワレメの前で手を合わせ、松井は拝み始めた。

「いきなり舐めてもいいのかね？」

松井の問いかけに、

「アアンッ……着陸まで時間もありませんし、す、すぐにでもっ……」

乳首をネロネロと舐められて、ユリは息も絶え絶えに答えた。

「では、遠慮なく」

親指が恥毛をかき分け、花びらをめくった瞬間、

「おお、キレイなピンク」

薄い花びらのあわいから、しっとりと濡れた処女の粘膜が、清らかに顔を覗かせた。

「まだ男を知らない色だ」

「でも、クリトリスはちょっと剝けてるぜ」

皆、興奮した面持ちで口々に感想を述べている。

「優しく舐めるから、安心しなさい」

そう舌を差し出すと、先端でチョンチョンとつつき始めた。

「ハアッ……！」

「どうかね？」

チュプ……チュププ……。

ユリは全身を痙攣させながら、もたらされる快楽に耽溺している。

「も、もう……立ってられません……」

真珠色の肌にはいつしか汗粒が光り、震える膝は今にも崩れ落ちそうだ。

「……これをお使いください」

意を決して、美里が毛布を手渡した。

「へえ、協力的だな。見直したぜ」

ハイジャック犯がニンマリと笑った。

前方のスペースに毛布を敷き、裸のユリを寝かせたところで第二ラウンドが始まった。

ミルクプリンのような美巨乳と、まだ男を知らぬ清楚な処女の叢に誰もが見惚れている。

期待と興奮、そして不安に息を乱しながら、ユリが囁いた。

「わたくし、フェラチオというものを経験したくございます。どちらか私のオクチにそのご立派なモノを……」

これには一同驚嘆した。

「じゃあ、僕のを咥えてもらえるかな、松井さんのしなびたチ×ポが初フェラじゃ可哀そうだ」

石沢がズボンのファスナーに手をかける。

「何だと！」

「まあまあ、ここは恒例のジャンケンで決めようぜ」

犯人役の仕切りで始まったジャンケンは、

「やった！」

石沢が勝利を得た。

「ユリちゃん、怖がらなくていいからね。じゃあ、オチ×チン出すよ」

鼻息を荒らげ、ファスナーをおろすと、

ぶるん――！

唸るように天を衝く勃起が、ユリの目前に差し出された。

「これが殿方の……」

青スジの浮き出た男茎、肉厚のカリを前に、ユリは息を呑んでいる。

彼の長大な舌に比べればペニスは普通サイズだが、それでも処女のユリにとって初めて見る男性器の勃起。衝撃的、かつ禍々《まがまが》しく映っているに違いない。

「あの……まずは、どのようにすれば……」

頬を赤らめながら、ユリは熱い吐息をつく。

石沢は根元を支え持ち、亀頭をユリの唇から数センチの位置まで近づける。

「まずは握ってみて」

「こ、こうでしょうか？」

白魚のような手が、赤銅色のペニスをそっと握ると、

「熱い……すごく脈を打っています」

早くも昂揚の吐息を漏らした。

潤んだ瞳を細め、乙女の恍惚を人形のような美貌に張りつかせている。

周囲の男たちも興味津々、ユリの制服の匂いを嗅ぎまくりつつ、実に羨ましげ

だ。

「そのまま舌でペロペロして。アイスキャンディーみたいに」

「アイスキャンディーですね。それならできそうです」

艶やかな唇の間から真っ赤な舌が差し伸ばされた。

ペロリ……ペロッ……ペロ……。

「おううっ……」

裏スジからカリ首を舐め這う舌先に、彼がビクンと腰を震わせる。

「ハァ……うまいよ。そのまま咥えてくれ」

「はい……」

可憐な唇が亀頭にかぶさった。

「ンンン……」

ユリは苦しげに眉をたわめつつ、Oの字に広げた唇で、しっかりと根元まで呑みこんでいく。整った面差しだけに、男のものを頬張る間延びした顔は、淫ら極まりない。

チュプッ……ジュボボボ……。

「ハア……最高に気持ちいいよ。じゃあ、ゆっくり腰を振るからね」

石沢は興奮にメガネを曇らせたまま、腰を前後させ始めた。

ヌチュッ、ズチュッ……。

「あンッ……」

喉奥を突かれたのか、一瞬、苦悶の表情を作ったユリだが、すぐにコツを得たらしく舌を使い始めた。

「ンンッ……硬いでひゅ……」

体をよじるごとに、美巨乳が艶めかしく揺れ弾んでいる。

「クウッ、ユリちゃんのオクチは最高だ」

腰振りが激しくなると、

「アァン……変な気分になってきまひた……」

よじり合せた太腿のあわいから、ツツーと透明な蜜が滴り始めた。

「いかん、そろそろオ×コも舐めてやらんと」

松井の手がユリの太腿ぐっと開くと、艶々と濡れ光る秘貝が、鮮やかな濃紅色の粘膜を覗かせた。

「ほれ、きれいなオ×コが、こってり濡れとるぞ」

M字に固められた一点に、男たちの視線が集まった。

「ヒクヒクさせて、スケベなマ×コだな」

「初めてのくせして、白い本気汁まで吹き出してるぞ」

「よし、俺がまたたっぷり舐めてやるぞ」

松井は、ユリの下半身に移動すると、メスの匂いを放つ処女貝に顔をうずめ、チュパッ……ピチャ、ピチャ……。

丹念に舐め始めた。

「さっきよりも、味が濃くなってる。お？　生娘のくせに尻の孔にまで垂らしてるぞ」

蠢く舌先が、ユリのアヌスに触れたらしい。

「キャッ！」

一瞬、ビクンと身を波打たせたユリだが、肛門を労《いたわ》るがごとく、皺を舐め延ばしながらクリクリと舌を躍らせる松井に、

「そんな場所まで、舐めてくださるなんて……」

石沢の太棒を咥えたまま、後孔の快感に体を痙攣させた。

あふれる女蜜が、床に敷かれた毛布に濃いシミを作っていく。

ヌチャッ……ジュブブッ……。

「アアンッ……ハァン」

機内には、汗と唾液と卑猥な液の匂いが充満していた。

誰もが息をひそめ、処女喪失の瞬間を待ちわびている。

(ユリ、大丈夫かしら?)

気が気でならない美里だったが、自身もパンティの中はムレムレ状態。

いくども尻をもじつかせているのだった。

ピチャッ、ピチャッ……ジュル、ジュル……。

唾液の音がいっそう激しさを増していく。

ユリはフェラチオのコツを体得したらしく、肉棒を支えながら、包皮を剝きおろしては、亀頭冠にぶつけるようにかぶせている。

しかも、ときおり響く強烈なバキューム音は、本当に処女かと疑うほどの大胆さなのだ。

「ハァァ……ユリちゃんのフェラ、うますぎるよ。あっ、マズイ……出そうだ!

待って、待って!」

石沢が切羽詰まった声で腰を引いた瞬間、
ドピュッ、ドピュッ――!

ユリの美しい顔と乳房にザーメンが飛び散った。

「あ、ああッ」

まさに、この世の終わりというほどの悲痛さで、石沢が落胆と絶望の声をあげた。

「ああん……出ちゃいました……」

ユリは、ドクドクとザーメンをしぶかせるペニスを悔しそうに引き寄せ、口に含んだ。きゅうと頬をすぼめ、最後の一滴をも逃すまいと吸引している。

「チクショウ!」

石沢が己を叱責する。

無理もない、千載一遇の処女貫通のチャンスを逃してしまったのだ。

彼の無念をよそに、松井が股間から顔をあげた。

「では、操は俺がもらうことに決まったな」

素早くズボンをさげると、熟年とは思えぬほど急角度に勃起したイチモツが顔を出した。

どよめきの中、彼は黒光りしたペニスを自慢げに見せた。

「では、今から挿れるぞ。よーく力を抜いてなさい」

「はい」

太腿の間に割り入って膝立ちになる松井に対し、ユリは祈るように組んだ手を胸の上に置き、深呼吸をする。

「まずは、おシルをたっぷりオ×コに塗りたくってだな」

女蜜をこってりまぶした亀頭が、ネチョネチョと淫裂を行き来する。

「ゆっくりと挿れるから、安心しなさい」

「はい、なるべく痛みのないよう、お願いいたします」

乙女らしい清楚な面持ちで、ユリは目を瞑った。

「よし、いくぞ」

松井が花びらの中心に狙いを定めた。

緊張の瞬間、誰もが息を呑んだ。

と、そのとき、
グラッ、グラグラッ――！

雷にでも打たれたような衝撃があり、機体が大きく揺れた。

「キャアアッ！」

「乱気流か？」

まさに予想外のタービュランス（乱気流）だった。

「お客さま、すぐに着席してシートベルトを締めてください！」

美里が必死で誘導するも、客たちはパニックに陥っている。こんなときに限って、ギャレーで横たわる涼子も気を失ったままだ。

「すぐそばのシートに座ってください！」

美里は床に這いつくばったまま、座席の脚をしかと握った。目の前では、松井とユリがもつれあっている。

おびえるユリは客を助けるどころか、手も足も出せずに、素っ裸で松井にしがみついているではないか。

「ユリ、松井さんから離れなさい！」

「キャッ！　先輩……怖くて体が……体が動きません！」

「あなたそれでもCA？　松井さん、シートの脚に摑まって！」

「おお、わかった！」

松井が手近な座席の脚に手を伸ばしたとき、またしても大きな揺れが襲い、その瞬間、
ズブッ……ズブズブッ……！

あろうことか、ペニスがユリの肛門にズブリと入るのが見えた。

「ヒイ……ッ！　痛いッ……ククウウッ！」

全身をのたうたせたユリが、甲高い悲鳴をあげる。

「す、すまん」

「ヒイッ、お尻が裂けちゃう……ああっ！」

激しい揺れが続く中、ユリがわめくも、

「むむっ……すごい締まり」

引き抜こうとしても、びくともしないらしい。

松井自身も苦悶に顔を歪めている。

ユリもかろうじて座席に摑まったはいいが、ペニスを抜くゆとりはない。

グラグラッ――ガタンッ――!!

「アンッ……痛いッ！　お尻が、お尻が……！」

「俺もだ、いでえ、いでで！」

そうこうする間にも、機体はグラリグラリと揺れに揺れ、キャビンの混乱は大きくなるばかりだ。

「皆さま、どうか、お座りください！」

「シートベルトを締めて！」

美里は身を支えながら、乗客の安全を叫び続ける。

幸い、他の客は全員着席している。

涼子も狭いギャレーで毛布にくるまれ、予備のベルトで固定されているため、怪我は最小限に抑えられそうだ。

しかし、

「ヒイッ……痛い！」

「まだ抜けんぞ。おいこら、どうなってる」

松井が癇癪を起こすそばで、ユリは床に爪を立てて痛苦に耐えている。

「ユリ、早く抜きなさい」

「ぬ、抜けません！」

「松井さん、イケよ!!　イケば抜ける」

誰かが大声で叫んだ。

「おお、そうだ。その手があったか」

グラグラッ、グラッ——！

「ユリちゃん、悪いが尻でイカせてもらうよ」

「ああんっ、そんなァ」

腰を数回振った松井が、

「オオッ……オオッ！」

盛大に下半身を打ち震わせながら、劇団員らしく腹の底からの雄叫びをあげた。

ドクン、ドクン、ビクビク……ピクピク……。

揺れが落ち着いたとき、

「ふう」

無事引き抜かれたペニスとともに、白濁の液がユリの尻の孔からドロリと滴り落ちた。

「ご搭乗、ありがとうございました」

美里とユリ、そして意識を取り戻した涼子らCAが丁重に挨拶する。

「沖縄公演、頑張ってくださいね」

ユリは尻の痛みに耐えながらも、笑顔で乗客らを送り出すのだった。

第四章　童貞客の視線

1

「花越……美里さん……っていうんですか？」

青森から羽田への最終便。

美里の対面席に座った青年が、胸元のネームプレートを見ながら訊いてきた。

「はい、花越です。よろしくお願いいたします」

笑みを返すも、彼はどこかそわそわして落ち着きがない。

見たところ、二十歳くらいだろうか。

中肉中背、着古したポロシャツにデニムという洒落っ気のなさは、よく言えば素朴、悪く言えばあか抜けない印象だ。

「あ、あの……僕、初めて飛行機に乗ったんですが、ここのＣＡさんて、いつもこんなセクシーな制服なんですか？」

彼はポケットから出したハンカチで、額の汗を拭《ぬぐ》いだした。

「ええ、ピンキー航空は、セクシーなおもてなしをモットーとしていますので、制服もこのとおり、ミニなんですよ」

「そ、そうですか……いや、そんなこと知らなくて……なんか、目のやり場に困っちゃうな」

そう言いつつも、第二ボタンまで開けられた胸の谷間や、ミニスカから覗く太腿に視線を這わせてくる。

「東京へは、お仕事で？」

「はい、実家のリンゴ園と、東京の京武《きょうぶ》百貨店の契約継続の交渉を父から命じられまして」

「そうですか、継続になるといいですね」

「いやあ、実は競合農家が多くて、契約を切られそうなんです。父に『勉強がてら、しっかりやってこい』なんて言われましたが、人と話すのは苦手で……。農作業を淡々とやっているほうが、性に合ってますよ」

そうしんみりと呟いた。

なるほど、彼にはいわゆる「自信」というものが欠如しているようだ。傍目にも精彩を欠いており、もっと堂々と振る舞えば印象も変わるだろうに。

会話が途切れたとき、タイミングよく、
ポーン――

離陸後のシートベルトサインが消えた。

ホッとしながら立ちあがると、彼の手が美里の腕をわしと摑んだ。

「あ、あの……お願いがあるんですが」

青年がすがるように見あげてくる。

「は、はい……なんでしょうか？」

ただならぬ形相に動揺しつつも、ＣＡスマイルを返し、身を屈めた。

青年と同じ目線になり、顔がぐっと近くなる。

東北人らしいきめ細かな肌に、若さ漲る玉の汗。農作業をしているせいで、ポロシャツを盛りあげる胸板も逞しい。

一瞬だけ、キュンと胸をときめかせる美里だった。

「あの……ここは客のリクエストに、どこまで応じてくれるんでしょうか？」

「は？」

いきなりの質問に面食らってしまった。

――「セックスまで」とは言えなかった。

配属された初日、先輩CAの涼子に誘われ、上客の田辺会長と3Pにまでなだれこんでしまったのだが、初対面の乗客に言うのは憚《はばか》られる。

返事に窮していると、彼は重い口を開いた。

「じ、実は僕……まだ童貞で……あの……よかったら、奪ってもらえませんか？」

しばしの沈黙があった。エンジン音の響きがようやく耳慣れたと思いつつ、

「童貞を奪ってほしいって……」

「お願いします。僕、もう二十歳なのに、まだ女の人を知らないんです。風俗で捨てることも考えましたが、やはり最初は美里さんのようにキレイなお姉さんと……」

「そんな……いきなり言われても」

先日のユリの処女喪失の申し出といい、今日の童貞を奪ってくれだのといい、
まったく世の中――いや、この会社にも原因があるのだが――どうなってるのだ

ろう?

「実はもう決めていたんです。明日の交渉前までに童貞を捨てて、男になった自分で挑もうと」

「えっ、明日までに?」

「どうか、お願いします! あ、名刺渡しておきます。決して怪しい者ではありませんので」

青年は名刺を差し出しながら、頭をさげた。

受け取った名刺には「大島《おおしま》リンゴ農園　大島俊一《しゅんいち》」と記されてある。

「あ、ありがとうございます。とりあえず、今は機内サービスに行ってきますね」

どぎまぎしながら受け取った名刺をポケットに入れると、一目散にギャレーへ向かった。


「あれ? たのんだのはコーヒーじゃなくて、日本茶だよ」

「あ……申し訳ございません。すぐにお取り替えを」

――サービス中、気もそぞろだった。

俊一のピュアな熱い視線が、仕事に集中しようとする美里の心を甘く掻き乱してくる。

(童貞を奪ってくれだなんて——)

しかも、あか抜けないと思った彼の、思いのほか隆起した筋肉に、一瞬ときめいてしまうなんて。

心根はいいのだろうが、あの精彩のなさでは京武百貨店との契約継続は、そうとう苦戦するのではないか。

でも——

(私の対応ひとつで彼の意気ごみ、大げさに言えば、人生が決まるかもしれないのよね)

そう思うと、何とか応援してあげたい。自信を持たせてあげたい。

いや、彼を助けると言い訳して、自分自身、忘れかけていた女の悦び取り戻したいのかも——。

先日、目にした涼子やユリの嬌態が脳裏に焼きついている。

幸い、明日は非番だ。

すでに、体の奥から熱い滴りがとろとろと湧いている。

(恋人と別れて半年。田辺会長と涼子との夜があったとはいえ、あの時はフェラ

のみ。セックスとはずいぶんご無沙汰だわ）

自信がないわけじゃないけれど、果たして、彼が満足する童貞喪失になるかしら——。やだ、私ったら何考えてるの？

——そうこうしている間に、飛行機は羽田空港へと着陸した。

時刻は十時。

飛行機はゆっくりと駐機場《スポット》へとタキシングしてゆく。

これからフライト後のミーティングをし、私服に着替えたら、十一時には会社を出られるはず。

「美里さん、さっきの件、どうでしょうか？」

降りぎわ、俊一は不安げに訊いてくる。

「わかったわ。俊一くんの願いを叶えてあげる」

淡い照明の下、耳元でそう告げると、彼は少年のように目を輝かせた。

「で、図々しくもうひとつだけお願いがあるんですが」

彼は恐縮したように頭を搔いた。

「なにかしら？」

「あの……できれば、ＣＡの制服のまま来てもらえないでしょうか」

「ええっ？」

「僕、ＣＡ姿の美里さんに童貞を奪ってほしくて」

2

「お邪魔します」

空港近くのビジネスホテル。

制服の上からストールを羽織った美里は、俊一の部屋を訪ねた。

ドアを開けた彼は浴衣姿だ。シャワーを浴びたらしく、ふんわりと石鹸の香りが漂ってくる。

シングルルームは、ベッドと机、椅子が備わったシンプルなもの。

緊張をほぐすためか、テーブルには飲みかけの缶ビールがあった。

「今日はありがとうございます。来てもらえるなんて夢みたいだ」

彼はＣＡ姿の美里をしみじみと眺めた。

「機内で見るのとは全然違いますね。何かこう……僕だけの美里さんって感じで……」

必死に落ち着こうとしているものの、興奮が手に取るようにわかるだけに、美里もしだいに緊張してきた。

「僕……もうシャワー浴びましたけど……こんなとき、女の人には何て言えばいいのかな？　すみません。何から何まで世間知らずで」

目を泳がせながらも、俊一は懸命に気遣いを見せた。

しかし下半身に視線を落とせば、初々しい態度とは裏腹に、激しい勃起が浴衣を突きあげていた。

「と、とりあえず、何か飲みますか？」

冷蔵庫を開けようとする俊一の手を摑み、美里はぎゅっと引き寄せた。

「み、美里さん……」

わずかにおびえた顔が、無防備な少年みたいだ。

「飲み物なんていいの。このままキスして」

ストールを外した美里は、谷間もあらわなEカップの乳房を俊一に押しつけた。

「ああ……美里さん」

筋肉質で逞しい腕が、美里の体を遠慮がちに抱き締める。唇を重ねると、

「んん……」

俊一は鼻息を荒らげ、慣れない様子で自ら強く押しつけてくる。

舌を挿し入れると、湿った吐息はいっそう激しくなり、唇から漏れ出るくぐもった喘ぎが、抑えきれない興奮をあらわにしている。

太腿に当たる勃起がいっそう硬さを増していく。

キスをしながら、美里の手は浴衣の裾を割り、下着の上から漲りを握った。

「おお」

「硬いわ……」

鋼のように硬質な男根が、たのもしく掌を押し返してくる。

軽くこすると、

「あうう」

俊一はとっさに腰を引いた。

刺激が強すぎたのだろうか?

「そんなに緊張しないで。ベッドに行きましょう」

ベッドの縁に腰をおろすと、俊一の浴衣に手をかけた。ゆっくりとはだけた合わせ目から逞しい胸が現れる。

「厚い胸板ね……すてき」

伸ばした指で乳輪をなぞると、

「あッ……」

俊一はくすぐったそうに身をよじった。

「逃げないで」

小豆のような乳首にキスをすると、

「うっ」

まるで、女の子のように身を震わせてくる。

「下着、脱がせてもいいわよね」

トランクスの両脇に手をかけ、そっとおろすと、躍動する若棒が跳ねあがった。

鋭角にそそり立つ俊一のペニスを見たとたん、

「びっくりしたわ。立派なオチ×チンよ。それで、まだ女の人を知らないなんて」

美里は我を忘れて嬌声をあげてしまった。

下着と浴衣を脱がせると、美里は裸の俊一にしなだれかかり、ぴたりと体を密着させる。

せめて肩ぐらい抱いてほしいのに、彼は指一本触れてこない。

美里はしばらくこのまま待つことにした。

「あ、あの……美里さん、見てるだけでは……」

俊一としては、美里からのアクションを待っているらしい。

「ええ、わかってるわ。触ってほしいのよね？　でも、もう少しだけこのままでいさせて」

「はい……」

素直に従うが、充血したペニスは、へそを打つ勢いの急角度を保ったままだ。

「すごい、オチ×チンが苦しそうにビクビクしてる。ああ、先っぽからおシルが出てきたわ」

「も、もう……ガマンできません」

「苦しいわよね。じゃあベッドに横になって」

彼が仰臥すると、

「まずは、こうしちゃおうかしら」

美里は人差し指で、ツーッと裏スジをなぞりあげた。

「あぁっ……」

俊一はまるで、釣れたての若鮎みたいに全身をびくつかせる。

「敏感ね。それに近くで見ると、すごくキレイなピンク。まだ女の人を知らない男のモノって、こんなに初々しい色なのね」

剝けきった男根を掌でそっと包んだ。

そのまま軽くしごくと、

「くうう……そんなことされたら」

俊一は耳まで紅潮させて歯を食い縛る。

ズリュッ、ズリュッ――！

「あっ、ダメです。そんなにこすられると」

「うふふ、気持ちよさそうよ」

「うう」

全身汗みずくとなって、俊一はこの刺激に耐えている。

屹立は硬さを増す一方で、あふれ出る先汁が亀頭を伝い、美里の手を濡らしてきた。

「ああ、いっぱいあふれてきた。俊一くんのおシルで、手がヌルヌル……」

「す、すみません」

「いいのよ。ねえ、オクチでされたこと、あるの？」

「な、ないです……」

くなる。

この若さ漲る体を、二十歳の今までひとりで慰めてきたのかと思うといじらし
美里は胸の谷間を見せつけるように身を屈め、股間に顔を寄せた。青臭い匂い
が、むっと鼻孔に触れる。

猛る若棒の根元を握り締め、舌を差し出すと、チロリ……と裏スジを舐めあげた。

「ううっ……」

「すごい、もっと硬くなったわ」

裏スジと亀頭のくびれを中心に、ネロリネロリと舐め回すと、俊一はぶるぶる
と腰を痙攣させて身悶え始める。

「た、たまりませんっ」

震える呻きを聞きながら、肉厚の亀頭にゆっくりと唇をかぶせた。

「オオッ……!」

そのまま、一気に根元まで頬張った。

頭上で俊一が唸っている。口内で先走り汁がじわっと滲《し》みだした。

肉茎に内頬を密着させ、舌をチロチロ絡めては、吸いあげる。

ズチュッ……ズチュッ……。

「くううう」

ゆっくりと首を打ち振るたび、押し殺すような呻きが聞こえてくる。

視線をあげれば、リンゴのごとく紅潮させた顔をくしゃくしゃにしかめ、血管が浮き立つこめかみから、いくすじもの汗を滴らせている。

肉茎を咥え、亀頭を弾かれるごとに、瀕死の鯉のように口をパクパクと震わせて、美里の愛撫に応じ続けた。

そうこうする間にも、室内に響く唾音と喘ぎの共鳴が淫靡なハーモニーを奏でていく。

「はあ……俊一くんの……すごいビンビン……」

陰嚢を優しくあやしながら、愛撫を深めていくにつれ、男根は舌を圧し返すほどの威力に満ちてきた。

「ふふ……たのもしいわ」

頬張るうちに、美里の興奮もしだいに高まり、パンティに熱い滴りが落ちてくる。

と、そのとき、

「ぼ、僕も、あなたを気持ちよくさせてください」

美里の発情を察したように、俊一が真っ赤な顔をあげた。

「嬉しいわ……まずはどうしたいの？」

優しく訊くと、

「……美里さんのオッパイを、触らせてください」

「オッパイを……？」

「は、はい……。僕にまたがって」

美里が移動すると、彼も身を起こし対面座位の体勢になった。

俊一はぎこちなくブラウスの上から乳房を揉み始めた。

「柔らかいでしょう？」

「はい……いつも土や農具しか触ってないので、たまりません」

揉みしだきながら、俊一はEカップの谷間に顔をうずめる。

「むうう、いい匂い……」

むふむふと鼻を鳴らし、顔を挟む双乳の弾力を存分に味わっている。

震える手がボタンにかかり、ブラウスを脱がすと、ピンクのブラに包まれたたわわな乳房が目前に迫った。

「わあ……すごい」

ごくり、と息を呑むのがわかった。

「ブラも外して、好きなように触っていいのよ」

「は、はい……」

背中に回した腕は何度も失敗しながら、やっとホックを外した。ブラを抜き取ると、瑞々しい乳肌が弾むようにまろびでた。

「おおっ……」

俊一はとり憑かれたように、熱を籠らせた手で乳肌を包みこんだ。

充血した乳首は赤い尖りを見せている。

むにゅっと指を食いこませては、

「ああ、なんて柔らかいんだ……夢みたいです」

そう言って、ぴんと勃った乳首にむしゃぶりついた。

「アアンッ……」

痺れるような快感が、乳首から子宮へとおりてくる。

チュパッ……チュッ……。

「ンンッ……気持ちいい。俊一くん、上手よ……」

女肉にあたる鋭い勃起が、パンティごしにズンズン突きあげてくる。

「もう……ガマンできないわ」

美里は俊一に乳房を吸わせながら、器用にパンティとストッキングを脱ぎ、足首から抜き取った。

これで身にまとっているのは、スカーフとミニスカのみである。

「俊一くん、女の人のアソコ……見たことある？」

太腿までのスカートをチラリとめくりあげ、美里は悪戯っぽい笑みを浮かべた。

「い、いいえ……ナマの女性のものはまだ……」

「……見たいわよね？」

「も、もちろんです！」

彼は額に脂汗を滲ませ、激しく首を縦に振る。

「じゃあ、ちょっとだけ……」

俊一の眼前で立ち膝になり、スカートをたくしあげた。

「あわわ……」

突如現れた女性の秘園に、興奮をあらわにすると、彼は荒い鼻息が花びらを震わすほど、ぐんと顔を近づけた。

「ハア……こんなに美しいんですね。ああ、ピンクの肉ビラがぽってりと膨らんでいやらしい……」

熱い吐息が花びらに吹きかかる。

「そんなに見られると、恥ずかしいわ……でも、ここが俊一くんを迎え入れる場所だから……」

そう言うと、花びらに添えた指を左右に広げた。

俊一は今にもかぶりつく勢いで、爛々と目を光らせる。

「美里さんのオマ×コ……ビデオで目にするものより全然きれいです。クリトリスまでこんなに尖らせて……いやらしい匂いがぷんぷん……」

クンクンと鼻を鳴らしては、メスのフェロモンを胸いっぱいに吸いこんでいる。

「いっぱい濡れてるでしょう？　もっとよく見ていいのよ」

美里はさらに花びらを広げた。

「も、もうガマンできません！」

卑猥に咲く花のたたずまいに、かろうじて保っていた理性が吹き飛んだのか、俊一は美里の尻を抱えこみ、唐突に荒々しく秘唇にむしゃぶりついてきた。

「アアッ……ダメよ」

チュチュッ……ジュプジュプ……。

「ンンッ、そんなに吸われちゃうと……クウッ」

先ほどまでの従順さとは一転、生温かな舌先が淫裂をねぶり、クリトリスを転がし、あふれる蜜液を啜りあげた。

「アンッ……アアンッ……クウウッ」

一度は抵抗を試みた美里だが、いつしか俊一の頭を掻き抱き、自ら股間をなすりつけていた。

チュバッ……レロレロッ……。

「クウッ……私にも咥えさせて」

くるりと向きを変え、いきり立つペニスを握った。

俊一の顔に尻を向けて、素早くシックスナインの体勢をとると、ひとおもいに根元まで咥えこんだ。

「ハウッ……美里さんッ!」

「俊一くんも、もっと舐めて」

甘い声でぷりぷりと尻を振りながら、美里は再び彼のペニスに唇をかぶせた。

「ン、ン、ン……」

内頬の粘膜をひたと肉茎に密着させ、リズミカルにバキュームフェラのピッチをあげていく。

「くううっ……」

口中の肉棒は、今にも爆ぜそうなほどパンパンだ。

淫裂に這わせる舌の動きも、しだいに激しさを増していく。

ネチョッ、ズチュッ……。

互いの唾液と吸引音が室内に響いた。

「ううっ、美里さんのワレメ、大洪水ですよ」

双臀に指を食いこませた俊一は、熱い吐息を吹きかけながら、夢中で女淫にむしゃぶりつく。レロレロと蠢く舌は、まるで別の生き物のように跳ね躍り、ざらついた表面と、つるりとした裏面を使い分ける童貞とは思えない巧みさだ。

「ああ～ん、すごい。俊一くん、上手よ」

とろける尻をくねらせながら、美里はいつしか彼の顔面に女陰をぐいぐいと押しつけていた。

うねる舌先が会陰をすべり、アヌスまでも舐めてくる。

「アアッ……そこは、いやん」

ぶるぶると尻を振ると、彼は鬼の首を獲ったとばかりに、肛門を責め始めた。

ネロリ、クチュチュ……。

「ンンッ……ダメだったら」

アヌスの皺を舐め延ばす勢いでぐるりと周回し、尖らせた先端で窪みをつついてくる。

執拗な菊門攻勢に、つい美里の吸茎にも力が入ってしまう。

こってり溜めた唾液ごと胴幹を吸引し、剝けきった包皮をねぶっては激しく顔を打ち振っていく。

ジュポジュポ、ジュポ――！

「アアッ、美里さンッ……待って、待ってください！　くううっ！」

彼がそう叫んだ瞬間、
ドクン、ドクン、ドピュピュ――！

喉奥の粘膜めがけて、生温かなザーメンが水鉄砲のごとく噴出した。

「あううう……」

熱い脈動を打ち続けるペニスは、無尽蔵に雄のエキスをほとばしらせ、瞬く間に美里の口内は、大量の濃厚な白濁液で満たされた。

「ハアァ……」

ペニスの脈動が鎮まり、最後の一滴まで出し終えたのを確認すると、美里はチュポンと唇を離した。

口内にはフレッシュなザーメンが青臭い匂いを放っている。

ゴクン――。

一気に飲み干すと、濃密な若汁が喉に絡まった。

「す、すいません」

「いいのよ。俊一くんのザーメン、濃くてとても美味しいわ。それに最初に出しておくと、次は長持ちするでしょう」

美里は口端に垂れた精液を、ぺろりと舐め取った。

3

「すごい、もう勃っちゃったのね」

射精から数分後、再びいきり立つペニスに、美里は目をみはった。

そっと手で包むと、

「ああっ……」

俊一はビクンとペニスを震わせながら、一瞬ひるんだように呼吸を乱した。

「大丈夫よ。私に任せて」

美里は向き直り、騎乗位の姿勢を取る。

当の俊一は目前で揺れる乳房と、M字開脚の中心で息づく女の泥濘《ぬかるみ》に、目を白黒させている。

硬く芯のとおった肉棒を握り、美里は右膝をついた。

ワレメに亀頭があてがうと、期待と興奮に息を呑む俊一の顔をじっと見据える。

「しっかり見てて。俊一くんの童貞が奪われる瞬間を」

めくれた花びらのあわいに、先端をすべらせる。

亀頭は真っ赤に傘を広げていた。情欲に潤む女貝の中央に狙いを定めると、美里は一気に腰を沈めた。

ズブズブズブッ――！

「オオオッ……」

膨らんだ肉ビラを巻きこみながら、女壺はいとも簡単に、ペニスを呑みこんでいった。

「あああんっ……」

凄まじい勢いで刺し貫く肉棒の衝撃に、美里も細い体をのけ反らせる。

「ハアッ……俊一くんのおっきい……奥まで届いてる」

「クウッ、美里さん……」

「童貞卒業ね。おめでとう」

「ァァ……女の人の中ってこんなにあったかいんだ」

根元までうずめながら、彼は感極まったように呟いた。

「俊一くんの初めての女になれて嬉しいわ」

美里はほほえみながら、きゅっと下腹に力を入れる。

「うっ……美里さんの中が、ヒクヒクしてる。すごい……」

彼は初めて味わう女膣の収縮、そして今まさに「男」になった感動と興奮に声を震わせる。

「ゆっくりと動くわね」

太腿に手を添え、蹲踞《そんきよ》の姿勢になって、ずぶり、ずぶりと肉を馴染ませる。

ヌンチャッ……ズチュッ……。

「ううっ」

「見える？　つながってる場所」

「ああ……見えます。煮詰めた飴みたいに熱い美里さんのオマ×コに、僕のものが出入《はい》りしてる」

「少し、スピードアップするわね」

ジュブッ、ジュブジュブッ——！

「アウッ……」

女襞の摩擦と律動の激しさに、彼は歯を食い縛った。

美里は亀頭ぎりぎりまで腰をあげ、一気に尻を落としこむ。喜悦の粘液を潤ませながら、引き攣るほどに、肉と粘膜を擦りあわせた。深まる結合とともに腰をグラインドさせると、

「淑やかなCAの美里さんが、こんなエッチに腰を振るなんて……」

彼は目前で行われる抜き差しの光景と、情欲に歪む美里の表情を交互に眺めながら、揺れる乳房に手を伸ばした。

「ああ……柔らかい」

揉みしだく指先が、固く尖った乳頭を捉えると、美里はスカーフを巻いた白い喉元を反らして、甘く鼻を鳴らす。

「ンンッ……俊一くんのせいよ。あなたのオチ×チンで……私、狂ってしまいそう」

美里は、なおも弾みをつけてリズミカルな律動をくりかえす。その動きに呼応するように、俊一も上下にバウンドする乳房を揉みくちゃに捏ね回した。

ズブリ、ズブズブッ……！

「オオッ……だんだん締まってくる……ううっ」

「アアンッ……私も……いいわ……すごく気持ちいい」

抽送を続けるにつれ、ざわめく膣襞がいっせいに男茎を食い締めていく。腰を引く際のカリの逆撫でが、得も言われぬ快感を運んでくる。

美里はペニスをハメこんだまま、上半身を反らせ、後ろ手をついた。

「ねえ、何が見えるか、言って聞かせて……」

左に大きく尻をグラインドさせた。

口籠る俊一に、もう一度訊ねてみる。

「お願い、教えて……私からは見えないの」

淫らなボルテージが急激に上昇した美里の、口を衝いて出た言葉だった。

彼は結合の場所を凝視すると、

「み、美里さんの膨らんだビラビラの真ん中に……ハァ……僕のものが……ズブズブと……」

「ンッ……何ていやらしい……」

今度は美里が接合部に右手を伸ばし、中指でクリトリスを揉みこんだ。

我を忘れたように、腰を振りながら肉芽をひねり、押し潰した。

ひとりの青年の童貞を奪った高揚感が押し寄せ、さらに卑猥な自分を見せつけたい思いに駆られてしまう。

「美里さんのクリトリス、すっごく膨らんでる」

「……俊一くんのせいよ」

悩ましく動く腰づかいも、クリトリスを摘まむ指の力もいっこうに治まる気配はない。

そのときだった。

ぐいと美里の左足を摑み、引き寄せた俊一が、親指を口に含んだのだ。

「あっ」

生温かな唾液が足の親指にまぶされる。

「い、いや……シャワーも浴びてないのに汚いわ」

引き戻そうとする細い脚を無理やり摑んだまま、俊一は、次いで、人差し指、中指……とまるで瑞々しい葡萄でもついばむように、一本一本、丹念に舐めしゃぶってくる。

「ああ……」

指はおろか、指股まで舐める丁寧さ、そしてそうされる心地よさ——美里は驚きとともに、感動めいたものに包まれる。

「美里さんの体は全部キレイですよ。爪なんて桜貝みたいだ。以前ＡＶで見たので、やってみたかったんです」

レロレロ……ネチョネチョ……。

「アァッ……こんなことされたの初めてよ。こんなに気持ちいいなんて……」

予想外の快楽に、美里は浮かせていた尻を落とし、もう一方の脚を彼の太腿に絡みつかせた。

松葉崩しの体勢である。

淫裂を貫くペニスの密着感が増し、柔襞が吸いついた。

俊一の舌が蠢くたび、もたらされる愉悦に夢心地になる。

自然と腰がくねり、なおも欲しがる体が、雄の剛直を奥へ奥へと引きずりこんでいく。

「クウッ……たまらない」

やがて俊一はハーモニカのように、爪先全体を口に含んだ。

「美里さんの汗と脂の味がしますよ」

「ンッ……いや」

「僕だけが知ってる美里さんの恥ずかしい味だ」

「あん……イジワル」

俊一はいっそう熱心に足指をねぶった。

小刻みに震える爪先を舐められるたび、女襞がきゅうきゅうとペニスを締めあげていく。

「ンンッ……オチ×チンがビクビクしてる」

「アアッ……まずい、そろそろ……」

食い締める収縮のせいか、彼が二度目の射精を匂わせる。

と、美里は結合を解き、反転して尻を向けた。

「あう、美里さん」

「せっかくだから色々な体位を試してみたいでしょう。これは『背面騎乗位』って言うの」

やや前傾姿勢になり、突き出した尻のはざまに握ったペニスをあてがった。

濡れそぼつ淫裂に、亀頭を数回往復させる。尻を沈めていくと、凝縮した膣壁が、先ほどとは違う角度から肉棒を圧し包んだ。

「挿入っているのが、ここからもしっかり見えるかしら?」

「は、はい……」

美里は両手を前につき、前後運動を開始した。

「ン……さっきとは別な角度で当たってる……Gスポットが刺激されて……アアアッ」

生々しい嬌声を放つ美里の尻を、俊一は引き寄せ、

「僕のチ×ポが美里さんのオマ×コに出し入れされるところ、はっきり見えますよ。アナルまでヒクヒクしてる」

実に嬉しそうに腰を振るのだった。

「ン……俊一くんも下から突きあげて」

器用に腰を振りたてながら、美里は甘やかにおねだりをする。

「わ、わかりました。こうですか?」

めいっぱい下から叩きあげると、火柱のような衝撃が、ただれた蜜壺を鋭く走り抜けた。

「クッ……いいわ、俊一くん」

ズブッ、ズブリッ——！

「アアッ……すごい」

美里の腰づかいに合わせた突きあげは、Gスポットをこすり、蜜汁を掻きだし、まさに内臓をも押しあげるほどの威力に満ちている。

「おおっ、きつい、締まる」

一方の彼も、角度と深度が変わるのか、逼迫した咆哮をあげている。

美里はなおも律動を続けた。

抽送のたび、乳房が揺れ弾み、粒汗が飛び散った。互いの粘膜が同化し、立ち昇る濃密な愛汁の匂いに陶然となってしまう。

「あんっ、腰が勝手に動いちゃう……」

ゆさゆさ揺れる桃尻は、上下左右と見境なくくねり、根元を支柱に男根を激しくローリングさせていく。

「ヒイッ……美里さん、激しすぎます」

俊一は耐えきれぬとばかりに起きあがり、背後から美里を抱き締めた。

「あん……俊一くん」

てくる。

「あんまり動くと、また出ちゃうから、今度はじっくり味わわせてください」

美里の耳元で吐息をついた俊一は、乳房を揉みながら、うなじに唇を押し当ててくる。

「……わかったわ。俊一くんの好きなように抱いて」

そう告げると、先ほどより控えめに腰を振り、しばしゆったりと深呼吸した。

「美里さんの乳首、ずっと勃ってる……」

乳房を包みこみながら、先端がきゅっと摘まれる。

「アアン……俊一くんのせいで、全身が性感帯になっちゃいそうよ。ほら、またあふれてきた」

結合部に伸ばした手は、愛液で濡れた陰嚢を優しくあやした。

「ハア……」

揉みしだく手指に呼応するように、俊一も乳首を刺激してくる。

「ァううっ……」

「ほら、またきつくなった」

「ああん……そんなふうに責められると、ガマンできなくなっちゃう……ねえ、俊一くん、好きな体位ってある?」

引き締まったタマ袋を握ると、

「やっぱりキレイな美里さんの顔を見ながら、思いっ切り発射したいです」

耳たぶを甘噛みしてくる。

「あん……わかったわ。じゃあ、もう一度仰向けになって」

彼が仰臥すると、ハマったペニスを軸に、美里は少しずつ尻を動かし、右方向に回り始める。

ズズッ……ズズッ……。

「おおッ」

完全に百八十度回ると、最初と同じ対面の体勢になった。

「俊一くん……さっきより余裕が出てきたみたいね。表情《かお》が違うもの」

「そ、そうですか?」

しきりに照れる俊一だが、美里の目には、たのもしいほど精悍さと逞しさが感じられた。

「好きに動いていいのよ」

美里は持ちあげた尻をズブリ、ズブリと落とし始めた。

「ハアッ……美里さん……」

彼も、弾みをつけて、目いっぱい腰を突きあげる。

「ンンッ……いい……私の中が俊一くんでいっぱい」

「僕の先っぽにも、コリコリしたものが当たってます」

ズンッ……パパパンッ――！

「ハァ……いいわ、俊一……く……ん」

美里は再び立ち膝になり、大きく腰をくねらせた。

めくれた肉ビラのあわいに、肉塊が叩きこまれるたび、甘美な衝撃が脊髄をとおり抜け、肉ずれの音が響き渡る。

クチュ、ジュボジュボジュボッ……。

粘ついた恥液が跳ね、シーツを濡らしていく。

ズブッ……ズズブッ――！

「ヒッ……ああう」

彼が猛打を見舞うと、粘膜を割り裂く確かな手ごたえが女陰に浴びせられた。

「いいわ……すごく、いい」

美里は我を忘れたように、叫び続けた。

引き締まった彼の腹に手をつくと、立ち膝のまま前後左右に尻を振り立て、とろとろの柔肉で童貞棒を締めあげる。

「クウゥッ……美里さんッ」

絶頂が迫って来たのか、俊一は突きあげながら、必死に唇を噛み締めている。

彼の腹に爪を立てると、俊一も伸ばした手で乳房をわし摑みにしてきた。

今までになく苛烈な力をこめて——。

「ンッ……俊一……ッ」

その反動で、美里は太腿をM字に広げ、狂ったように尻を揺さぶる。

蜜に濡れた陰毛が絡みつき、恥骨がかち合った。膨らんだ花びらが潰れるほどの痛みが、次の瞬間には、甘美な痺れとなっている。

パンッ、パパパンッ——！

「いい……もっと突いて」

その声に、俊一は握った乳房がひしゃげるほど力をこめ、渾身のピストンを浴びせてくる。

「ああっ……ああっ……！」

瞑った美里の目の端が涙で濡れている。ふたりは身体を波打たせ、互いの肉が同化するほど粘膜を打ちつけた。

怒濤の連打を浴びせられた美里が、

「……もうダメ……イキそう……」

観念じみた嬌声をあげると、

「僕も出そうだ、アアッ……クウッ！」

「出して！　私の中にいっぱい……出して」

わななく女襞が貪欲な食い締めを見せた。

鮮烈な摩擦が膣路に走り、火柱がいくども行き来する。

「アアッ……イク……！」

「おおぉ……おおぅおおっ」

背筋に快楽の悪寒が走り、信じられない浮遊感に包まれた刹那、
ドピュッ、ドピュドピュピュッ――！

二度目にもかかわらず、凄まじい勢いのザーメンが女膣に噴射された。

童貞青年にとって人生初の女体への射精を、美里は膣奥深くで受け止めたのだった。

第五章　おっぱいサービス

1

「えっ、裸エプロンに？」

羽田―旭川間を飛行中の機内。

水平飛行になり、ギャレーへやって来た男性客のいきなりのリクエストに美里は唖然とした。

「お願いします！　老人会の皆さんがどうしてもって」

そう拝み倒すのは、旅行会社の若手男性添乗員である。

二泊三日の北海道の旅。夏の美瑛や富良野の他、映画『アナと雪の女王』で一躍有名になった「雪の美術館」に老人たちは皆心躍らせていると思っていた矢先の、まさかの出来事だ。

「いきなり裸エプロンだなんて……」

「そこをなんとか……皆さん、七十歳を過ぎた男性ばかりですし、目の保養に」

「でも……」

美里は逡巡する。

ただでさえミニスカのセクシーな制服なのだ。これ以上ハレンチな格好になると、逆に老人らの心臓には悪いだろう。機内で突然死などとなれば、それこそ一大事である。

「やはり、それはいたしかねます」

申し訳なさそうに返す美里に、添乗員は譲らない。

「到着までの一時間半だけでいいんです。パンティ一枚になって、その上にエプロンを着れば胸は隠れますので、水着と大差ないでしょう?」

「無茶苦茶なこと言わないでください」

「それに、デジカメやスマートフォンは搭乗時に預けたんですから、撮影されたり投稿されたりする心配もありませんし」

正直に言ってみようか——今日穿いているパンティが食いこみの激しい真っ赤なTバックで、興奮した老人が心臓マヒにでもなったらどうするの？　と。

（……いや、とても言えないわ）

「とにかく、お願いします。これからもおたくのエアラインを利用させていただくんで」

「いいえ、そういう問題ではなくて……」

「もう、君じゃ話にならない！　パーサーを呼んでくれ」

彼が食いさがったそのとき、

「いいじゃない、やりましょうよ」

意気揚々とやってきたのが、三十三歳の美熟女CA・涼子だった。

「りょ、涼子先輩……」

「美里さん、お客さまのご要望にお応えするのが、ピンキー航空のモットーよ。実際、お客さま第一主義のサービス内容に改善してから売り上げは伸びてるわ。あなたも手ごたえを感じているでしょう？」

「で、でも……」

「でもも、へったくれもないわ。出向組のど新人に決定権はないのよ。さあ添乗員さん、すべてパーサーの私にお任せください」

満面の笑みで胸を張る涼子に、

「あ、ありがとうございます！」

添乗員は何度も頭をさげた。


「いい？　そういうわけで、今日のサービスは裸エプロンに決まり」

「わかりました！」

真っ先に快諾したのは、二十二歳でアイドル顔が売りの奈々だ。賢いのか、天然なのか、あっけらかんとはしゃいでいる。

美里が言葉を失っていると、

「わたくし、お乳《ちち》がハミ出ないか心配ですが、お客さまのために、しっかりお勤めさせていただきますわ」

次におっとりほほえんだのは、二十一歳にして処女、Fカップのお嬢さまCA・ユリだ。今日もフランス人形のように麗しい。

「後輩たちを見習って、美里さんもしっかりやってちょうだい」

「は、はい……」

美里は渋々承諾する。

「とりあえず、着替えましょう。さ、制服を脱いで」

涼子がそそくさと制服を脱ぎ始めると、三人もそれに倣い、瞬く間に全員パンティ一枚になった。

「あら、皆さんセクシーなパンティね。感心だわ」

何と、揃いも揃ってTバックではないか。

涼子は三人の裸を品定めするように見回した。

「奈々さんは小ぶりの胸だけど、形が綺麗よ。美里さんはEカップ乳、ユリさんと私はFカップね」

「はい」

「じゃあ、この上からエプロンを着けてキャビンに行きましょう。くれぐれも失礼のないようにね」

2

「うひょ〜、美人CAのお出ましだ」

こった。

四人がフリルつきの白いエプロン姿でキャビンへ出ると、客席から歓声が起

「こりゃええ冥土の土産になるわい」

「わあ、本物の裸エプロンだ。尻が丸見えだぞ」

美里は涼子とふたり一組になり、乗客に尻を向けた状態でカートを引く。

「美味そうなケツだのう」

「赤いTバックなんて、そそりますね」

「巣鴨名物『赤パンツ』より、こっちのほうが、だんぜん健康にいいわい」

客たちがTバックが食いこむ美里の尻に注目したのは言うまでもない。

(ああん……みんなお尻を見てる……)

熱い視線を尻のワレメに感じてしまう。

が、羞恥に包まれながらも姿勢を正し、てきぱきとドリンクを配布していく。

「お客さま、お飲み物はいかがいたしましょうか?」

にこやかに訊かれた老人らは、ゆでだこのように紅潮しつつも、

「じゃ、じゃあ、日本茶をもらおうか」

「ワシはオレンジジュースで」

などと、今のところは素直に返答してくれる。

「かしこまりました」

美里が熱々の日本茶をポットから紙コップへ注ぎ入れ、両手で手渡すと、受け取った老人が鼻の下を伸ばした。

「もうちょびっと屈んでくれんか？　どんな乳首をしてるか見てみたくてのう」

「こら、田中《たなか》のスケベジジイ！」

隣り合う熟年男性が大仰に叫ぶと、キャビンは笑い声と歓声でさらに盛り上がりを見せている。

「美里さん、何をもじもじしてるの？　ＣＡらしくしゃきっと気品をお持ちなさい」

涼子が注意してくる。

裸エプロンじゃ、気品も何もないだろう——そう思いつつ、涼子に視線を流すと、薄いエプロンはＦカップの巨乳を際立たせ、乳輪と乳首をしっかり透かせていた。

心なしか早くも乳首が勃っているではないか。

（もう、涼子先輩ったら、相変わらずエッチなんだから）

美里は呆れながら、心の中でツッコんだ。

だが、そつなくスマートに対応せねば。

「お客さま、お飲み物は……？」

中ほどまで来たとき、ヒップに熱風が吹きかかった。

「えっ？」

慌てて振り返ると、なんとひとりの老人が、尻に頬ずりしているではないか。

「いやあぁっ」

美里が尻をくねらすと、彼は悪びれもせずヒップのワレメに鼻を押しつけてきた。

「ああんっ……お客さま、いけません」

「おお、甘酸っぱい匂いがする。ええのう」

クンクンと鳴らす鼻から、美里が尻を逃がすと、

「美里さん」

涼子がギロリと睨みを効かせてくる。

「は、はい……」

結局、そのままサービスを続行せざるをえなくなった。老人はしめたとばかり

に、太腿から尻丘をスリスリ撫であげてくる。

「アンッ……アアン」

たまらず腰を揺すると、

「おっ、このCAさん、感じとるぞ」

なんとTバックの生地を引っ張ってくるではないか。

「アアンッ……」

図に乗った老人の手がTバックを横にずらした。

「ひいッ……」

食いこんだTバックが、ワレメからずらされると、意に反して淫蜜が滲み出てきた。

「ヌレヌレじゃぞ」

「ち……違います」

スマートさを心がけるも、尻を撫でられ、Tバックはずらされたままだ。

「お、お客さま……パンティを元の位置にお戻しになって」

美里は尻を揺すったが、客たちは誰ひとりとして戻してくれない。

「美里さん、そのままでお仕事なさい。これも大切なおもてなしよ」

涼子に注意され、結局、美里は女の花を晒したまま、ドリンクサービスをするハメとなった。

(……ったく、なんてことなの)

まさに、「顔で笑って、心で泣いて」の心境である。

後方にいる奈々とユリのコンビを見ると、黙々と仕事をこなしているようだ。

間もなく全員にドリンクを配り終えるだろう。

ホッと息をついたそのとき、背後から何やらトラブっている様子が伝わってきた。

「お、お客さま、今なんとおっしゃいまして?」

Fカップのユリが、乗客のオーダーしたものを訊き返している。

相手は七十歳くらいの、つるっぱげの老人だ。

「だからコーヒーもお茶もいらん! ワシが飲みたいのは、あんたのオッパイじゃ」

老人は鼻息を荒らげて、ユリのハミ乳を覗きこんだ。

かつて処女喪失宣言をしたものの、うまくいかないまま、相変わらずの処女である。にもかかわらず、白いエプロンをとおして、可愛い乳首が勃っているのがわかる。

「あ、あの……オッパイのサービスは、ございませんが……」

新人のユリは返答に窮していた。

「オッパイは無理ですが、他のお飲み物でしたら、何なりと……」

奈々もユリに助け舟をだそうと、別のメニューを提示するが、

「いらん！　断じてオッパイ以外はいらん！」

老人はてこでも譲らない。

見るからに頑固そうな老人の横に座る若手添乗員が、「ここはひとつ、たのみます」と両手を合わせて拝んでいる。

ここで出てきたのは、またしてもお局ＣＡ・涼子だ。

老人の側に駆け寄って、

「申し訳ございません。すぐにお飲みいただけるよう手配いたしますね」

そうほほえむと、眼光鋭くユリに向きなおった。

「ユリさん、おもてなしの心よ。お乳は出なくとも、オッパイを吸っていただきなさい！」

こめかみをピクピクさせる涼子に、ユリは刃向うことはできない。

「は、はい……わかりました」

エプロンの胸当てに手をかけ、結んでいたリボンを解くと、弾むようにFカップの巨乳がこぼれ出た。

「ほお、なんと美しい」

老人が興奮に鼻息を荒らげた。

相変わらず、初々しい双乳だった。南国果実のような瑞々しさに満ち、ツンとした薄桃の乳首が清らかすぎる。

わずかに頬を朱に染めたユリは、

「わ、わたくし、まだ殿方を知りませんので、優しく吸ってくださいませ」

たわわな胸を突きだした。

「生娘か？　どうりで初々しい桃色の乳首じゃ」

老人は嬉々として頬を緩めるが、

「スギさん、騙されちゃいかん。あのピンキーのCAだぞ」

「そうだ。芸能人や野球選手とズコバコやっとるのが関の山じゃ」

後ろからヤジが飛んでくる。

「そうじゃな……よし、本当に生娘かどうか、確かめてやろう」

そう言うなり、エプロンの裾に手をもぐりこませたのだ。

「ああっ……」

不意を突かれたユリは一瞬よろめくが、涼子の視線を気にしたのか、すぐに姿勢を正し、健気にも脚を踏ん張っている。

グニグニ……ムニムニ……。

「あうっ……」

エプロンの裾に隠れて見えないが、彼の手がワレメをまさぐっているのは一目瞭然だ。

「ふむふむ……下着も濡れとるな」

老人はうなずきながら、丹念にユリの柔肉を確認しているようだ。

「お、お客さま……それ以上は……。わたくし、本当に処女で……」

「ダメじゃ。ほれ、横からズボッと！」

ヌプッ……。

Tバックの脇から、指がかいくぐったらしい。ユリは表情を歪め、

「い、痛いです……アアッ……！」

Fカップの乳球をたぷんと弾ませながら、激しく身をよじらせる。

「おお、すまん、すまん」

あまりの痛がりように、老人は慌てて手を引っこめる。

「どうやら、生娘は本当らしいな。いや、すまなかった」

詫びを入れながら、重たげに揺れる乳房へと両手を伸ばした。下からすくいあげるように包みこみ、やわやわと揉み始めた。

「おお、実にたまらん揉み心地じゃ！　生娘はええのう」

処女と確信を得たのが、そうとう嬉しいらしい。鼻の下を伸ばした彼は、皺だらけの指を爆乳に食いこませていく。

「ハ……アアッ……ご納得いただけて……何よりです」

ユリもユリで、痛みなど忘れたかのように、全身を恍惚に震わせている。処女と言えども、先日の劇団の一件で、少しずつとはいえ体は開発されつつあるようだ。

揉みこまれるほどに、控えめに立っていた乳首はいっそうしこり、先端も赤く色づいてきた。

「ほお、生娘でも感度はいいのじゃな。じゃあそろそろ……」

次の瞬間、誰もが驚きの声をあげた。

老人はカパッと入れ歯を外すや、乳首に吸いついたのだ。

「ヒッ……アアンッ」

チュパッ……チュパパッ……。

「あん……すごい」

意外なテクニックに誰もが息を呑んだ。

それはあまりにも心地いいらしい。歯茎の柔らかさに加え、絶妙な力加減によるものなのかユリは唇をふるふると震わせながら、快楽を受け止めている。

老人のハゲ頭を掻き抱いて、ぶるんぶるんと巨乳を押しつける有様だ。

「ああん……ガマンできません……」

胸を吸われながら、Tバックの尻がくなくなと揺れた。震える膝が、もう立っていられないと訴えている。

「ああん!」

ついに、両脚を浮かせて、ユリは老人の膝上に尻もちをついた。

「ハア……もうメロメロです」

うっとりと横座りするユリに、老人は鼻息を荒らげ、さらに絞りあげた乳房を交互に吸いまくった。

「くうンッ……」

脚をバタつかせたせいで、エプロンがまくれあがった。ムチムチの太腿とTバックが張りつく処女肉が周囲から丸見えだ。

ぷうんと漂う甘酸っぱい匂いに、誰もが鼻を鳴らした。

「これが生娘の匂いか」

「けっこう濡れとるぞ」

激しい食いこみを見せたTバックパンティは、お嬢さまらしく今日も純白だが、はしたないほど女汁をあふれさせていた。

チュパッ……ネロネロ……。

「ああんッ……いい」

と、派手な唾音を立てていた老人が、乳房から顔をあげた。

「ふう、もう満足じゃ。じゃ、オレンジジュースでももらおうか」

「えっ……？」

カポンと入れ歯を戻す老人に、ユリは我に返った。

「そ、そんな……」

「さ、ワシはジュースを飲むから、おりてくれ」

老人は膝上で悶えていたユリをどかすと、手渡されたジュースをゴクゴクと飲んだ。ぷはーと満足げに唸る彼を、皆が羨ましげに見ている。

当のユリは、中途半端な快楽を与えられて、落胆が隠せない。

しばしの間があって、全員が平静を取り戻すと、

「オッパイを頼んでいいのなら、ワシはあの子のメコ汁が飲みたい！」

髭面の閻魔大王のような老人が、奈々を指さした。

「ええっ！　私ですか？」

「ワシはああいうスリムな子がタイプでのう」

閻魔大王がニンマリと笑った。

3

「お、お客さま……失礼いたします」

閻魔大王の前に立った奈々は、深々と礼をする。

「ワシは大垣《おおがき》という者だ。これでも昔はお堅い官庁勤めだったんだぞ。さあ、まずはエプロンをめくって、どんな下着をつけているのか見せなさい」

「は、はい……」

おずおずとめくりあげた下から、可愛いレースに縁どられたピンクのパンティが顔を覗かせる。楕円を描く淡い恥毛が透け見えて、淫らなこと極まりない。

「おお、小判型のオケケか。可愛いのう」

大垣はギョロリとした瞳を嬉しそうに細める。

「あの……どのようにお飲みになりたいのでしょうか?」

「そうだな、突きだした尻のワレメからゴクゴクいかせてもらおうか」

「えっ、お尻? 後ろからですか?」

予想外のリクエストに奈々は困惑するも、

「では奈々さん、座席の背に手を突いて、お尻を突きあげなさい」

すかさず涼子の指示が飛んでくる。

奈々は真っ赤になりながらもクルリと背を向け、ぷりんとヒップをせりだした。

エプロンの合わせ目から見える小尻の谷間には、Tバックが食いこみ、極上のセクシーさを放っている。

「ほう、引き締まったケツに下着が食いこんでええのう。では失礼」

大垣はパンパンと柏手を打って、Tバックの生地に手をかけた。

しかし、いったんその手を止めると、

「はて、いきなりメコ汁を飲んでもいいものか？」

そう呟いた。

「メコ汁が飲みたいなら、まずはＣＡさんにサービスするのが順序じゃないか」

誰かが助言した。

「そうじゃったな。いきなりとは不躾《ぶしつけ》だった。こりゃ失敬」

言いながらＴバックを太腿までおろした。

「ヒイッ……」

奈々が驚いたのは言うまでもない。放射線状に皺をちぢらせた桃肉色のすぼまりをいきなり観衆に晒されたのだ。

が、そばに涼子がいて、しっかり監視しているせいで、反論などできない。

「お……お客さま……恥ずかしいです」

プリプリと腰を揺するが、剝きたての桃のような尻がくねる様はこのうえなく淫靡で、老人たちの欲情を一気に高めたようだ。

「見なされ、この見事なケツ穴を。バラの蕾のようだ」

ほおおと一同が納得の声をあげるも、

「いや、バラじゃない。菊だ！」

「もう、この際どちらでもいい！　ワシはメコ汁を飲むぞ」

大垣は、がしっと摑んだ尻丘を左右に広げた。

「アッ、アアアッ……！」

悲鳴とともに、奈々の後孔のすぼまりは大きく引き伸ばされ、淡いグレイから濃紅色の粘膜のグラデーションまではっきりと見て取れる。

「こりゃ驚いた。花じゃない。イソギンチャクになってしまったわい」

「それはそうと、ヒクヒクして感度の良さそうなイソギンチャクですね」

「まずは、味見といくか」

奈々の尻のワレメに顔を寄せた大垣は、分厚い舌を挿し伸ばした。

ネロッ……ネロネロ……。

「ひゃあんっ……！」

雷に打たれたように、ビクンと弓なりに身を反らせながら、奈々はクウウと歯を食い縛る。

「なんじゃ、ここは苦手なのか？」

「実は……お尻は……弱くって」

ハアハアと呼吸を荒らげながら告げる彼女に、

「それは付き合った男が悪いんじゃ。今日はここの良さをたっぷり教えてやるぞ。皆、前に来なさい」

大垣の声に、老人会のメンバーがぞろぞろと前方に集まりだした。

（大変！　ドリンクサービスのはずがエライことになってきたわ）

美里の心配などどこ吹く風、老人たちは、パーティションに手をついた奈々のアヌスを前に真剣な面持ちだ。

「まずは、舌全体が肛門に触れるよう、丹念に舐めあげるのじゃ。ワシが見本を見せるぞ」

「あっ……ああ」

レロン……レロンと、舌を蠢かせながらレクチャーする大垣に、
奈々はガクガクと背中を震わせた。

「ほお、なかなかの舌づかい」

「こんな機会、めったにないぞ」

「おい、押すなよ！」

老人らは押し合いへし合いで、かぶりつき状態である。

「次に舌先で舐めて、アナル全体を唇で包んだり、吸引したりするんだ」

チュバッ……チュババッ……。

「ううっ……ハアァン」

「どうだね？」

「ハア……さっきよりだいぶ慣れてきました……」

そう振り向いた顔には、恍惚と愉悦がありありと滲んでいる。

「そうだろう。じゃ、次だ」

奈々にもう一度手を突かせたところで、

「次は、肛門周囲に沿って螺旋《らせん》をかく。皺を舐め延ばすようにクルクル、クルクル――」

ネロ……クチュリ……ネロネロ……。

「ヒクッ……ウウッ」

今にも崩れ落ちんばかりにパーティションに身を預け、ガクガクと尻と太腿を痙攣させている。

「見なさい。感じてくると自然と体が震えて、立ってられなくなるのじゃ」

そのとき、ツツーッと内腿に透明な蜜が伝い落ちた。

「おっ、メコ汁じゃないか？」

老人のひとりが叫ぶと、

「これはワシの飲む分じゃ」

言いながらネローリと内腿を舐めあげた。

「おお、若い娘のメコ汁は美味《びみ》だのう。まだまだ滴ってくるぞ」

失禁したように噴き出す愛蜜を、一滴たりとも逃さぬように啜り続ける。

「けっこうな量だな、ＣＡさん、大洪水だぞ」

呆れたように言う彼に、

「そ、そんな……」

奈々は羞恥と興奮に眉根を寄せながら、左足を浮かせた。

チュバッ……チュバッ……

「ダメだ、きりがない」

ダラダラとあふれ続ける花蜜にあきれ果て、ついぞ大垣は根をあげた。

「じゃあ、代わりにワシが飲んでやろう」

名乗り出たのは、赤ら顔で小太りな老人だった。

（まあ、昔話で見たタヌキそっくり）

美里は思わず心の中で叫んでしまう。

しかも彼は、酒が入っているらしく、すっかりご機嫌で浮かれ調子だ。

「砧《きぬた》のジイさん！　かっこいいぞ」

「よっ、ジジイの鏡！」

仲間内から声がかかり、砧と呼ばれた老人は奈々の背後にしゃがみこんだ。

「アアンッ……お願いします……」

奈々は手をついたまま、もどかしげに尻を揺さぶる。

砧老人は太腿で留まっていたＴバックを脱がし、奈々の左腿を持ちあげると、股ぐらに顔を突っこんだ。

「ヒイッ……」

至近距離でしげしげと眺めながら、

「あっ、よく見ると——このＣＡさん、ビラビラにホクロがあるぞ」

そう感心したように呟いた。

「そ、そんなこと……」

「事実を言って何が悪い。舐めて欲しけりゃ、アソコを実況中継するくらいどうってことないだろ？」

諭す彼に別な老人が、

「アソコにホクロのある女はスケベと聞いたが、やっぱりそうなのか」

「ワシらにも見せてくれんか」

口々に言いだした。

「ほんなら、まずは御開帳といくか」

股ぐらから頭を抜き取った砧は、取り囲む老人らがよく見えるよう、左足をさらに高々と持ちあげた。

「ああんっ……」

女汁がいっそうダラダラと美脚を伝う。小水のように蜜を噴き出す花園に誰もが釘づけだ。

「ほお、確かにビラビラにホクロがある」

「赤貝みたいだぞ」

「いや、血を吸ったヒルだ」

「おっ、ヒクヒクしてきたぞ」

たっぷりとアナルの愛撫を受け、女芯は淫靡な蜜を滴らせながら妖しくヒクついている。

「ああっ……お願いしますっ……早く……吸ってください」

奈々はもうガマンならないと訴えながら、尻を振り立てた。

「よし、そろそろ飲んでやるか」

砧老人は分厚い唇をタコのように突きだし、ヌメ光る肉びらに吸いついた。

「ハアッ……アア」

快楽に身を反らせる奈々の、何という恍惚の表情。

見ているだけで息がつまりそうだ。

「うぐうぐ……」

砧はまるで酒でも飲むように喉を鳴らしながら、湧き出る淫水を嚥下している。

チュ……チュパパッ……。

「はあ……お客さまの舌づかい……素晴らしいです」

奈々はうっとりと喘ぐ。

「そうじゃ。ワシらはアッチが衰えてきた分、指と舌はバツグンの猛者《もさ》ばかりじゃぞ」

啜りながら、砧は中指をゆっくりとワレメに挿し入れた。

「ヒクゥッ……クウッ」

クンニリングスと同時に与えられる中指の挿入で背を反らした奈々は、激しく悶絶した。

砧老人の膣肉を吸うバキューム音が高鳴り、粘液まみれの指が抜き差しされる。

「どうじゃね？　舌と指とのダブル攻撃は」

ズリュッ、ズリュッ……。

「しかもけっこうな名器だな。カズノコ天井ってやつだ」

「え……私のことですか？」

「さよう。膣がカズノコみたいにザラザラしておる」

「そ、そういえば……昔から『君のアソコは締まりと感度がバツグンだ』って褒められますぅ。くうっ……」

快楽に溺れながらも、奈々はちゃっかり名器ぶりをアピールする。

指の速度は加速の一途をたどるうえ、卑猥な粘着音を響かせながら、砧老人の赤ら顔も茹でダコのように紅潮していった。

「ハアッ……もう……イキそう」

「なに？　イクじゃと」

それを聞くなり老人は、ここぞとばかりに、手首のスナップを効かせ始める。

「ハアッ……ヒクッ」

玉の汗を光らせた奈々の細身が痙攣する。

濃厚なフェロモン臭が、たちまちキャビンに広がり出した。

「アアン……もうダメ……イキそうです」

「CAさん、思いっきりイキなされ。ワシも必死にこすってやる」

ズチュッ、ズチュッ……。

「ヒイッ……どなたか、お尻を……」

美里は、奈々の性欲旺盛ぶりに呆れてしまう。

「僕が！」

名乗り出たのは、事もあろうにこの老人会を世話する若手男性添乗員だった。

「なに、お前がか！」

「この青二才が」

ブーイングが起こるも、青年は猛然と前に出た。

「早くお願いしますっ……もうすぐイキますっ」

砧老人のクンニとスナップが激しさを増す中、青年はわし掴みした尻を左右に広げ、アナル周りを舐め始めた。

ネロリ、ネロネロ……。

「あぁああぁっ……気持ちいい、いいです！」

輝く汗を飛び散らせながら、奈々はかつてないほど背中をしならせ、絶頂の咆哮をあげた。

「イクッ、イっちゃいます。アアアアアッ！」

ガクンガクンと身悶えをして、その場に崩れ落ちた。

静まり返るキャビン内。

誰もが息をひそめる中、今まで黙っていた処女のユリが一歩前に出ると、

「奈々先輩ばかりズルいわ。オッパイを吸われただけで終わったわたくしの火照る体を、何とかしてください！」

甲高い声で叫ぶではないか。

一同は再び唖然とした。

4

「お願いいたします！　このままでは、体が火照って仕方ありません」

涙目になったユリは、再度、エプロンの下で巨乳を揺らしながら訴えた。

処女ともあろうものが、いや、処女だからこその発言だろう。

巧みな性技で快感を得たものの、絶頂には至らず淫靡の炎が埋火《うずみび》となって女芯に残っているようだ。

ユリは欲情の持って行き場に困惑しているのだ。

そのあまりの切実さに、老人らは押し黙ってしまった。

「いいかげんになさい、ユリさん」

またしても、お局の涼子が眉をひそめる。

「いい？　お客さまのご指名ならまだしも、自分から『火照ったからどうにかしてくれ』とは、あまりにも礼儀知らずじゃない？」

「でも……奈々先輩の激しい悶えっぷりを見せられては、わたくしだって我慢ができません」

しなやかな腕で自らを抱き締める姿は、女の美里から見ても煽情的だ。

その柔らかな頰に、美しい涙がひとすじこぼれ落ちた。

機内には重苦しい空気が漂い、エンジン音だけが事務的に響いている。

と、突然、

「勃った！」

一人の老人が驚きの声をあげた。

小柄でのっぺりした顔立ち。見るからに食の細そうな冴えない風体だ。

「どうしたんだ、鶴田《つるた》さん」

「み、見てくれ！　久しぶりに勃起したんだ」

彼が指し示す先には、隆々としたイチモツが猛々しくジャージを突きあげている。

「ええっ」

「たのむ！　ＣＡさん、しゃぶってくれ」

鶴田はまっすぐにユリを見つめた。

「えっ、わたくしですか……？」

私の疼きはどうしてくれる、と言わんばかりにユリは目を丸くする。

「ワシは今年で七十五歳だ！　今日を逃すと、次はこの世での射精は不可能かもしれん」

この言葉には誰もが胸を打たれたらしく、皆、押し黙ってしまった。

——やがて、ユリも心得たように、

「わかりました……わたくし、心をこめて、おしゃぶりさせていただきますわ」

うなずくと、鶴田をシートに座らせ、足元にひざまずいた。

ぷりんと突き出たヒップに、Ｔバックが激しく食いこんでいる。

「では、失礼いたします」

軽く腰をあげてもらい、下着ごとジャージを引きさげると、
ぶるん——！

七十過ぎとは思えぬ力強い屹立が、唸るように上を向いた。

「おおっ」

「すごい角度だ」

白髪まじりの陰毛から伸びた男茎が腹を叩かんばかりに反り返っている。

「お客さまの……すごい」

予想外の立派さに頰を赤らめたユリは、白魚のような手でそっと握った。

「ああ……すごい、ますます硬くなってきました」

声を震わせながら、絡みつかせた指をきゅっと握り締め、ユリはゆっくりと上下させる。

「おお……」

包皮をかぶせては剝かれ、剝いてはかぶせられる勃起は、みるみる鈴口から先走り汁を垂らし始めた。

「あん……いやらしいおシルが出てきました」

瞳を潤ませたユリは、たおやかな頰をバラ色に輝かせ、嬉しさと好奇の表情で、しごく手に力をこめる。

噴き出す液は細い指を濡らし、ねちょねちょと卑猥な音を立て始める。

「……こんなエッチなものを見せられたら――」

誘われるように乳房をせり出すと、陶酔しきった表情で首元で結ばれたエプロンのリボンを外した。

「おおっ……」

ぷるんと餅のような乳房が再びまろび出る。

キャビンが興奮に包まれる中、

「おしゃぶりの前に、わたくし独自のサービスをさせてください」

そのまま、豊乳に亀頭を押しつけた。

「ハァン……」

ネチョ……ネチョリ……。

亀頭はFカップ乳を力強くへこませながら、ユリの意のままに乳肌をすべっていく。

圧されるごとに丸みはひしゃげ、歪み、淫靡に形を変えていく。

しかも、先走り汁は瞬く間に豊乳を粘液で光らせていった。

「何て、いやらしい」

鶴田は額に汗を滲ませながら、浴びせられる刺激にひざを痙攣させ、地団駄を踏んだ。

彼ばかりではない。

乗客も美里たちも、バージンであるユリの思いもよらぬ淫猥なサービスの行方を、身を乗り出しながら見守っていた。

ヌチャッ……ヌチャ……。

発情の汗と先走り汁とで、胸元はヌラヌラとテカりだす。

当初ピンクだった乳首は、イチゴのように色づき、Fカップのバストと相まって、より淫乱度が増していた。

「ああ……こんなことしたの、初めてです」

握った男根は乳房の間を行き来し、そのたびに重たげな乳房が、ぶるんぶるんと揺れ弾む。

「クウッ……勃起したうえ、まさか、こんなことになろうとは」

鶴田は目を血走らせながら、興奮に息を荒げ、きつくひじ掛けを握り締めた。

しかし、すぐさま辛抱ならないと言いたげに浮かせた手が、肉棒と戯れる爆乳に伸ばされたのだ。

「ああんっ……」

むんずと摑むと、節くれだった指が深々と乳肌に食いこんだ。

突起した真っ赤な乳首を摘まみながら、いっそうの力で捏ねくり回す。

「あうっ……」

変形した双乳が、ひときわ艶めかしく汗に光っている。

「ああっ、お客さま……」

ユリはねちっこく揉みしだく手に、甲高い喘ぎを漏らす。

鶴田の手は、主導権を握ったかのように縦横無尽に捏ね回した。

そのたび、ユリはひざまずいた姿勢のまま尻をくねらせ、握った怒張を乳房に押しつける。

まるで「主導権は渡さない」と言わんばかりの意気ごみだ。

弾力ある乳肌に亀頭を沈みこませては、先走る欲情の液を乳首もろともベトベトになすりつけた。

ユリが突然、姿勢を変えたと思った直後、
ムギュッ――！

寄せあげた乳房の間に、鶴田のペニスを挟みこんだ。

「おおっ」

これには全員が息を呑んだ。

当の鶴田もさすがに手を引っこめ、目を白黒させている。

「うふ、いかがですか？」

昂揚した面持ちでほほえむユリは、さらに肉棒をメリメリと圧迫しはじめる始末。

乳房のあわいから真っ赤な顔を覗かせる亀頭は、歓喜と苦悶の悲鳴をあげているようで、ジュワ……と縦割れの尿道口から噴き出す男液が興奮の高さを物語っていた。

歯を食い縛る鶴田に、

「それでは、こういうのは、いかがでしょうか？」

ズリュッ……ズリュッ……！

吹き出す汗を潤滑油代わりにして、挟んだペニスをズリズリとしごき立てる。

「おおっ、パ、パイズリかっ！　ＣＡさんが、まさかパイズリしてくれるなんて」

「そんなに感激していただけるなら、こちらもやり甲斐がありますわ」

さらにスピードアップすると、今にも爆ぜそうな肉茎への圧迫を強め、しだいに濡れた唇を亀頭に接近させてゆく。

「ハア……ン」

湿った吐息を漏らしながら、唇が先端にチュッと触れると、

「クウウッ」

鶴田は腰をビクビクと跳ねあげた。

ユリは差し出した舌でネロリ、ネロリと丸頭をねぶり始める。

もちろん、その間もペニスへの圧迫は弱めない。

処女のくせにどこで覚えたのか、舌先はカリ首回りをぐるりと一周し、裏スジとの境目にあるもっとも敏感な一点を責めまくっている。

「ひゃあっ、くおっ……」

今にも悶絶しそうな彼に、ユリは容赦ない刺激を浴びせ、そのたび鶴田は身悶え、愉悦の悲鳴をあげる。

脳の血管が切れるのではと、美里はハラハラしどおしだ。

「そろそろ次にまいりますね」

ユリは、唾液と汗とカウパー液でびしょびしょになった怒張から顔をあげる。

このままイカせてあげたい気もするが、確かに七十五歳の下半身には、より濃厚なフェラチオが射精に導けそうだ。

「たのむ、たっぷりとしゃぶってくれ」

鶴田老人は、勇んで腰をせりあげた。

何しろ齢《よわい》七十五にして、人生最後の射精になるかもしれないのだ。冥途へのいい土産ができるかどうかがかかっている。

気が逸《はや》るのも無理はない。

「鶴田のジイさん、頑張れ」

「負けるなよ！」

観衆からは激励の声が飛んでくる。

「では、失礼いたします」

ユリは今も硬さを保った肉棒に手を添え、ゆっくりとしごきあげる。

「む、むむむ……」

こすりながら、反り返るペニスの根元に唇を寄せた。

濡れた唇の隙間から差し出した舌をヒタ……と肉茎に密着させ、そのままチロチロと舌を躍らせた。

「おお……」

いくどか舐めあげ舐めおろすをくりかえし、たっぷり唾液をまぶすと、ひとおもいに咥えこむ。

「くうっ」

「ンンッ……」

鶴田の声とともに、老人らも感嘆のため息をつく。

股間をこすりつつ見入る姿は、完全に応援の姿勢に変わっていた。

厳しい眼差しを向ける涼子も、美里同様に、ユリが無事鶴田を射精に導けることを願っているはずだ。

ジュポ、ジュポッ……ジュポポポッ……!

ユリはうっとりと目の下を赤らめ、ペニスを含んだ頬を歪ませながら、首を打ち振り始めた。

めくれあがる唇、へこんだバラ色の頬——強烈な吸着音が響き渡る。

「ううっ……きつい……きついぞ」

感激に咽ぶ唸りをあげた矢先、肉幹に添えられたユリの右手はいつしかリズミカルにしごいていた。

さらには、左手も陰嚢をやわやわと揉みしだく丹念さだ。

「ンッ、ンッ……」

頭が左右に揺れるたび、艶やかな頬がぽっこりと亀頭の形に膨らんだ。

桃尻がくねくねと揺れ、滴る唾液が胸の谷間に垂れ落ちた。

ズジュッ、ズジュジュッ——！

「オッ、オオオッ……そろそろだ！」

尿道を駆け昇る懐かしい感覚がよみがえったのか、鶴田はユリの口を半ば犯すように腰を突きあげる。

自らも射精への階段を駆けあがっていくつもりだろう。

ジュポポッ、ジュポポッ……！

「アンンッ……」

「ほおおお」

両人とも苦しそうに眉根を寄せるが、速度はむしろ速まっていた。

ユリの口内を満たす大量の唾液と、我慢汁がダラダラとこぼれてくる。

「クウッ、ヒイッ……」

奇声を発する鶴田の絶頂は、すぐそこにあった。

目に見えぬとも、ユリの口内でビクつく肉胴の姿が想像できる。

「も……もうすぐだ！」

ユリはなおも双頬をへこませ、口腔粘膜をぴっちり密着させながら、とどめのバキュームを浴びせていく。

「クウッ、出る、出る……！」

鶴田の腰がひときわ激しく突きあがる。

ユリは深々と咥えこんだまま首の動きを止めた。

ドクン、ドクドク……ドクン……。

「……最高だ」

眉間に深い皺を刻み、大きく輪郭を歪めた鶴田の表情は、充足感に満たされていた。

「ツルさん、よかったな」

「いやあ、見てるこっちまで射精した気分だよ」

老人の射精に全員が拍手喝采、祝福をしたのは言うまでもない。

放出を終えたのを確認したユリは、額に汗を光らせたまま、安堵に顔を緩ませる。

一滴たりともこぼさぬよう慎重に口を離し、コクン、コクン、とザーメンを飲み干すと、CAらしい気品ある面持ちで鶴田に極上の笑みを向けた。

第六章　御曹司はＭ!?

1

「ＣＡさん、セントレア空港には定刻に着きそう？」
機内を見回るパーサー・涼子にそう訊ねてきたのは、ビジネスマン風の男性だった。
おそらく四十歳前後。
仕立てのいい紺色のピンストライプ・スーツに、ワインカラーのレジメンタイ。
左腕にはめた時計は、世界でも最高級と謳われているパテック・フィリップだ。
結婚指輪はナシ。パソコンを繰り、いかにもやり手の企業マンといった感じだ。

「はい、予定どおり、十六時半には到着予定でございます」

涼子が笑みを返すと、彼はホッと胸を撫でおろした。

「よかった、ありがとう」

「名古屋にはお仕事でしょうか？」

つい話を長引かせてしまったのは、涼子好みの彫りの深い野性的なルックスに加え、知的かつリッチな印象も受けたからだ。

この人はどんなセックスをするのかしら、などと邪な妄想を膨らませてしまっている。

――実は、先日から体の奥が疼いて仕方がない。

裸エプロンのサービス時、奈々やユリのエロティックな接客を目の当たりにしたため、今もミニスカートの下では、パンティに湿った熱気が籠っている。

「いや、出張から帰るところなんだ」

「まあ、名古屋の方なのですね。名古屋って食べ物が美味しいですし、街並みもキレイ。地下街も充実していますし、大好きな街なんですよ」

地元を褒める返答に気を良くしたのか、彼の表情に優越感じみたものが滲んだ。

「君、これでフライトは終わり？」

「はい、今夜は名古屋泊まりです」

「よかったら、名物の櫃《ひつ》まぶしを食べに行かないか？　栄《さかえ》にいい店があるんだよ」

意外にもデートに誘ってくるではないか。

本当はショッピングの予定だったが、せっかくのお誘いだ。これに乗らない手はない。

「では、お言葉に甘えて」

「じゃ、先に名刺を渡しとくよ」

慣れた様子で手渡された名刺には、「中京《ちゅうきょう》トレーディング　副社長　亀田信夫《かめだのぶお》」と記されてある。

「えっ、『中京トレーディング』って……経済雑誌でもよく見かける、あの老舗の貿易会社ですよね？」

涼子は見開いた目をしばたたいた。

「まあね、今は父が社長なんだ。僕は五代目の次期社長ってわけさ」

さすがに対応がこなれている。

驚きや賞賛の声にも、亀田はさらりと受け流す。

「すごいわ。次期社長さんとお食事できるなんて光栄です」

「ありがとう。じゃあ、のちほど」


十九時――。

栄にあるシティホテルの和食レストランに行くと、支配人が丁重に、信夫の待つ個室へと案内してくれる。

さすが、地元でも有名な貿易会社の御曹司だけあって、VIP待遇。テレビ塔や栄の夕景を一望できる特等席に向かっているらしい。

（お気に入りのワンピースを着てきてよかったわ）

ボディラインを強調した、フランス製のゴールドのワンピースは、名古屋きっての繁華街にあっても人目を引き、なかなかいい気分だ。

（上手くいけば、御曹司の妻に……なあんて、ふふっ）

どのように彼を悩殺しようかと考えあぐねているうちに、個室のドアが開けられ、

「やあ、待ってたよ」

信夫は引き攣った笑顔を見せた。

「失礼します」

暮れなずむ夕景を眺めつつ、向かいの席に座ろうとすると、すでに別の女性がいるではないか。

あらっと思う間もなく、女が涼子を睨んだ。

「信夫！　別れたい理由って、この女のせい？」

派手な目鼻立ち、巨乳が目立つボディコンのミニドレス。

どこかで見覚えがあると思ったら、女性ファッション誌でたまに見かける読者モデルだ。

さすがの美貌だが、いかにも「私ってキレイでしょ」と言いたげな毒々しいほどの華美さが鼻につく。

不穏な空気を察してか、支配人は、

「ご用の際は、テーブルのボタンをお押しください」とさっさと退散する。

三人になったところで、

「実は今、この人と付き合ってる。ピンキー航空のＣＡ・勝木涼子さんだ。真帆《まほ》もまだ三十歳だ。新しい人を見つけて幸せになってくれ」

信夫は涼しい顔で女を諭す。

いったい、どういうこと――?

呆気にとられていると、

「なによ、ピンキーのCA? 確か、露出狂みたいなミニスカ制服よね? こんな下品な女、認めないわ」

涼子はポカンとするも、早々にケンカを売られてはプライドが許さない。

「露出狂とは、けっこうなご挨拶ね」

二重の目をキッと見開いた。

涼子が信夫の隣の席に腰をおろすと、

「で、あなたたち、本当に付き合ってるの?」

真帆と呼ばれた女は、疑念たっぷりにこちらを見入った。

「も、もちろんさ。半年くらい前に飛行機で会って……それから出張のたびにデートを重ねるようになったんだ。なあ? 涼子」

信夫はいけしゃあしゃあと呼び捨てで、恋人気取りだ。

でも、その顔には「話を合わせてくれ」との懇願が張りついている。

「え、ええ……まだ半年ですけど、信夫さんとは、真剣にお付き合いをさせていただいていますわ」

涼子も、心持ち顎を突きあげ、優越感たっぷりに鼻先ごしに真帆を見た。

「怪しいわねえ。ま、いいわ、これから三人で部屋に行きましょ。いつものスイートをリザーブしてるの」

真帆は不敵な笑みを浮かべる。

「部屋?」

「どっちが信夫にふさわしいか、勝負するのよ。あなたが勝てば大人しく引きさがってあげる」

さっと腰をあげた真帆は、すたすたと出ていくではないか。

「ちょ、ちょょっと待って!」

そう叫ぶ涼子を制したのは、信夫本人だ。

「たのむ! 話を合わせてほしいんだ。あいつとはセフレていどの付き合いなんだけど、最近、結婚話をチラつかされて、正直困ってるんだ」

「こ、こっちも困ります!」

「いいじゃないか。これからもピンキーに乗るからさ。あっ、そうだ! 来月、社員旅行で石垣島に行くんだよ。君の飛行機を使うから、たのむよ」

殺し文句とも言えるひとことに、涼子は茫然と立ちすくんだ。

（まったく、妙なケンカを買ったものだわ……）

2

「さあ、早くあなたたちも脱いで」

夜景が一望できる最上階の部屋に着くなり、ドレスと同じ深紅のランジェリー姿になった真帆は、苛立たしげに涼子と信夫に指図する。

そのスタイルたるや、峰不二子も真っ青の見事なグラマラスぶり。

プリンスメロンのような堂々たる乳房が窮屈そうに押しこまれ、スケスケパンティの下では、陰毛が逆立っていた。

「いくらなんでも、いきなり下着姿はないでしょう？」

涼子が反論すると、

「そういうアンタだって、たいして下着と変わらない制服をいつも着てるんでしょう？　この露出狂ＣＡ」

「何ですって！」

「いいよ。涼子、俺たちも脱ごう」

そう呟くと、信夫は淡々とスーツを脱ぎ始めた。

「ちょ、ちょっと、信夫さん……」

涼子は待ったをかけるも、彼は聞く耳を持たない。

「ここは、真帆の言うとおりにしてくれ。こいつは一度言い出したらきかないんだ」

信夫の対応に、真帆はふふんと鼻を突きあげ、ダブルベッドの横で仁王立ちになった。

（なによ、アンタが甘やかすから、この女もつけあがるんじゃないの）

そう腹で毒づきながらも、相手は大切なお客さま。

それに加えて、この鼻っ柱の強い真帆とやらを負かさなければ、気がおさまらない。

いっぱしの気の強さを自負する涼子は真帆を見据え、

「わかったわ。受けて立つわよ」

ワンピースのファスナーに手をかけた。

「へえ、なかなかのスタイルじゃない」

真帆は驚いたように目をパチクリさせた。

これほどまでに悩殺的なボディ、かつ高級なランジェリーを予期していなかったようだ。

(この下着で来てよかったわ)

今夜の涼子は、手持ちの中でもっともセクシーで高額な下着をまとっていた。光沢ある黒いレースのブラとパンティ、ガーターベルトの三点セットはゆうに十万円を超えるインポートものだ。

Fカップの乳房、細いくびれからハチのように張り出したヒップは、男を悩殺すること間違いなしで、真帆を戦意喪失に追いこむかに思えた。

ふたりのセクシー美女の間で、信夫が所在なさげに身を縮こませている。

トランクス一枚の身体は、意外と腹が出ており、機内で見た敏腕ビジネスマンの印象はとうに消え去っていた。意気消沈した表情にも興ざめだ。いっときでも「御曹司の妻」を思い描いた自分が恥ずかしい。

(あ～あ、早く済ませてくれないかしら)

落胆のため息をこぼしたところに、真帆の視線が突き刺さった。

一度は涼子の極上ボディに気おくれしたようだったが、

「涼子さん、信夫と付き合ってるなら、当然、彼の性感帯を知り尽くしているはずよね？」

腕組みしたまま、ツンとした美貌を向けてくる。

その上から目線が鼻につき、つい、

「もちろんよ」

負けたくない一心から嘘を吐いてしまった。

「じゃあ、ベッドで彼を興奮させてみなさいよ。じっくり見ててあげるから」

とんでもない提案を投げてきたのだ。


(エライことになったわ……)

真帆の指示でベッドに仰向けになった信夫を前に、涼子は木偶《でく》の坊《ぼう》のように突っ立ったまま。

ためらう涼子を目の当たりにし、優勢と感じたのか、

「さあ、早くなさい！」

先ほどよりも強気な態度に転じた。

「──やっぱりやめるわ。恋人同士の秘め事って見世物じゃないでしょう？」

先ほどまで見せた鼻っ柱の強さが消え、突如正論をぶつける涼子に不自然さを感じたのか、

「ふふっ、やっぱり自信ないのね」

真帆は鼻で嗤《わら》ってくる。

「何ですって?」

「自信がないなら降参すれば?　負けを認めたら、こっちも大人の対応を見せてあげてもいいわよ」

そのひとことが、涼子の戦意に再び火をつける。

ベッドで仰向けになる信夫の横に腰をおろすと、まずは唇を重ねた。

「あうう……ッ」

信夫が驚いたような唸り声をあげたのは、間髪をいれずに涼子が舌を挿しいれたからだ。

(やだ、この人ったら――)

意外にもMっ気が強いのかもしれない。

(そうよ、普段から『社長』とか『先生』って呼ばれているエリートに限って、プライベートじゃ逆なのかも)

不意に涼子の中で、悪戯心が湧いてくる。

案の定、舌を絡めつつ乳首をつねると、

「クウッ」

と敏感に体をくねらせた。

ベッド横のソファーでは、真帆が腕を組んでお手並み拝見とばかりに睨みつけている。

もちろん、疑惑はいっこうに晴れない。

威圧的なその視線に、つい涼子の責めにも熱が入る。

キスを解いた唇が向かったのは、褐色の乳首だ。しこり立った小さな突起を、
ネロリ……チュパチュパ……

差し伸ばした舌先で、ねちっこく舐め始めた。

「オオッ……」

乳輪に沿って螺旋を描きながら、ピンと乳首を弾けば、彼は歯を食い縛って身をよじらせる有り様だ。

涼子は右の乳首を吸いつつ、左を指で摘まみ、ついでに膝頭で股間をグニグニ圧してみた。

「ひゃっ……あひっ」

身悶える彼を無視して、ランジェリーごしの豊乳を押しつけると、勃起がさらにむくむく硬さを増してくる。

「ふふ、硬くなってきた」

涼子は蠱惑的な笑みを見せた。

（ちょうど体も疼いていたし、この際だからいただき）

グッとトランクスを引きさげれば、思いのほか立派な肉棒が、ぶるんと反り返った。

「まあ、ご立派」

……と言おうとして、ハッとした。

驚いてはいけない。あくまでも私たちは恋人同士。

何食わぬ顔で、平然とコトに及ばねばならないのだ。

（さて、どこから責めようかしら。いきなり咥えるのも芸がないし、かといって焦らしても私自身が理性を保てるか心配……）

すでにパンティには、大量の女汁が滲み出ているのだ。本来ならクンニのひとつでもさせて、すぐにでもペニスをハメこみたい。

（もう、一か八かだわ）

涼子は傘を広げる亀頭を咥えこんだ。

信夫は腰をビクつかせて、大きく呻いた。

戸惑いとも快楽ともつかない面差しで顔を歪めてはいるが、口内の怒張は少しずつ膨張し始める。

すぐさまネロネロと舌を絡め、肉棹をしごきあげると、

「ふふっ、甘いわね」

またしても真帆は鼻で嗤ってくる。

「いちいちうるさいのよ」

涼子はペニスを吐き出して、高飛車女を睨みつけた。

「いい？　信夫はね。まずここから責めないとダメなのよ」

ツカツカとベッドに昇り、彼の脚を持ちあげた。

3

「おおっ！」

突然、真帆にチングリ返しをされた信夫は、タマ裏とアナルを晒しながら、悲鳴をあげた。

「お、おい！　やめてくれ」

そう抵抗するも、真帆は蠱惑的な笑みを浮かべる。

「何言ってるのよ、信夫のアソコ、ギンギンじゃない。恥ずかしいほどおっ勃てちゃうんだから、あきれるわ」

その言葉にますますペニスがいきり立っていく。

見立てのとおり、やはりこの男はMっ気ある一面を持っていたのだ。

「あなた、見てて。信夫の性感帯はここよ」

真帆は、尖らせた舌先で、放射状に皺を刻むアナルを、ネロリ、ネロリと舐め始めた。

「はあっ……おお」

ビクビクと尻を震わせ、信夫は甲高い悲鳴をあげた。

舌は皺を舐め延ばすように肛門周囲をぐるりと回り、つんつんと窪みを貫いた。

そのたびに彼は激しくヨガり、唾液まみれの肛襞をヒクつかせる始末。

「どう？　私のほうがうまいでしょう？」

相変わらず高慢ちきな真帆の態度に、涼子はついに意を決し、

(いいわ、こうなったら私も本気を出すわ)

下着を脱いで、真っ裸になった。長年のエステ通いで磨き抜かれた完璧なボディに、真帆はいっそう対抗心を強めたように目を吊りあげる。

真帆と対面する姿勢で、信夫の顔にまたがった。

女の園を晒すと、彼はゴクリと生唾を飲む。

「信夫さん、よく見て……私のア・ソ・コ♥」

血走る信夫の目を意識しながら、徐々に腰を落としていく。

顔面すれすれで止めると、

「いやらしく濡れてるでしょう？　あなたのせいでグショグショ……さあ、いつものように舐めて」

ピンクにヌメる肉ビラを、顔面に押しつけた。

「むむっ」

そう唸るも次の瞬間には、
ピチャッ、ピチャッ……。

チングリ返しのまま、涼子のワレメに沿って舌を躍らせてきたのだ。

「アアンッ……いいわ……気持ちいい」

巧みな舌づかいに、豊尻が痙攣する。

我慢できず、ぐいぐいとこすりつけた。

「クウッ……！」

苦しそうに呻きながら、彼の勃起は力強く天を衝いたままだ。

と、真帆は次なる攻撃を仕かけてきた。

「信夫、アヌスに唾液を垂らしてあげるわ。あなた、このプレイが好きだったわよね」

直後、もごもごと口中に唾を溜め、たらーりと信夫の肛門めがけて落としたのだ。

艶めく唾液の糸が垂れると、

「ううっ」

微細な刺激にもかかわらず、信夫は唸り声をあげる。

「ふふ、信夫の体は私が一番よくわかってるのよ」

後ろの穴を唾液まみれにさせると、

「じゃあ、そろそろ私も裸になるわ」

瞬く間に、真帆はベッドの上で全裸になった。

予想を裏切らない悩殺ボディ。

プリンスメロンのような乳房に細いくびれ、急激に張り出したヒップが涼子を圧倒する。

が、ここでひるんではいけない。平然さを装っていると、

「私はフェラをするから、あなたはそのまま顔面騎乗をしてなさいよ」

4

ジュポッ、ジュポポポッ……。

「ハァン……ンンン」

室内には男女の喘ぎと淫靡な唾液音が響いていた。

全裸になった真帆は濃密なフェラチオを、対する涼子は、顔面騎乗で信夫を責めたてる。

「アアッ……信夫さんの舌づかい……上手だわ」

巧みに蠢く舌さばきに涼子が尻をくねらせれば、

「それは私のフェラテクが連鎖して、情熱的なクンニになるの。感謝なさい」

と、真帆はどこまでも上から目線なのだった。

窒息させる勢いで女肉を押しつけ、圧をかけると、歓喜の喘ぎは音量を増し、乳首もペニスもおっ勃てている。

（そうだ、乳首も刺激しちゃおう）

ワレメをグリグリと押しつけつつ、涼子が左の乳首をひねりあげると、

「クウッ……オオッ！」

総身をもんどりうたせ、何とも派手なアクションでヨガリまくる信夫だった。

真帆も負けてはいられない。

ギンギンの肉棒を吐きだし、寄せあげた爆乳に挟みつけた。

ムギュッ——！

「ひいいっ」

視界を遮られても、ペニスへの圧迫は絶大だったようだ。

あれよという間に、真帆は唾液と汗を潤滑油に、ネチャッ、ヌチャッとパイズリを始めた。

「オオッ、クウッ」

信夫は三所責《みところぜ》めをくらい、もはや骨抜き状態だ。

ギュッと挟まれたペニスは、たわわな乳房の間から窮屈そうに亀頭をのぞかせ、ついでに大量の先走り汁まで噴き出している。

ズリュッ、ズリュッ……。

真帆は得意げにパイズリを浴びせていく。

「どう？　あなたも顔面騎乗だけじゃなくて、もっと工夫ってことをしたら？」

その高圧的な物言いに、ますます戦意が高まっていく。

「わかったわ。こうなったらダブルフェラで勝負よ」

涼子は信夫の顔に座ったまま、Ｆカップの乳房をせりあげた。

「望むところよ」

真帆も汗と唾液にぬめらせた爆乳で、ペニスをムニッと挟みつけた。

「さ、まずはお手並み拝見よ。あなたはサオ担当、私は信夫の好きなアナルとタマを担当するわ」

と、すぐさま唾液まみれの玉袋を頬張った。

「くうぉっ！」

信夫が身悶えたのは、タマと同時に真帆の指先がアナルに挿し入れられたからだ。浅瀬をほぐしたかと思えば、物欲しげにヒクつく肛門襞をくるくると螺旋状に刺激する。

「なかなかヤルわね。それじゃ、私も遠慮なくヤラせてもらうわ」

涼子は握りしめた肉茎の先端を、咥えこんだ。

ズチュッ、ネチョ……！

「あうっ、夢みたいだ」

涼子と真帆、ふたりの巨乳美女にフェラチオとアヌスの同時責めを受ける信夫は、始終ヨガリっぱなしだ。全身は汗みずく。真っ赤に膨れた亀頭は、針でつつけばすぐさま噴水のように流血せんばかりに張りつめ、うねる静脈も限界までスジを隆起させている。

涼子はペニスに舌を絡めつつサオをしごき、真帆はタマを頬張りながら、唾液まみれのアナルを指でほぐしていく。

（ああん、私も欲しくなっちゃう……）

涼子が尻をもじつかせると、

「もう、我慢できないわ」

真帆はあれよと言う間に涼子を押しのけ、肉棒を咥えこんだ。

「ひゃあっ！」

信夫が腰を跳ねあげるも、

「もう、どこまで図々しいのよ」

女ふたりは、互いを牽制しあうことで精いっぱい。

涼子も負けじと元の位置へ戻り、ネチネチと肉茎を舐めあげる。

自然にふたりは一本の肉棒を取り合うことになった。

「負けないわよ」

「私だって」

ズチュッ、チュパッ……ジュポポッ……。

淫靡な不協和音がいっそう強く響き渡る。

初めこそ競い合っていたものの、やがて交互に咥えては吸い立て、包皮を剝きおろしてはかぶせ始めた。

「ああん……カチカチ」

「しゃぶってもキリがないわ」

ふたりは同時にペニスから口を離した。

ハアハアと呼吸を整えながら、互いに見つめ合うと、

「たぶん私たち、同じことを考えているようね――」

「さあ信夫、しっかり下から突きまくって!」

美女ふたりは、目先にある快楽に引きずられるように、火照った体を投げ出した。

仰向けにした信夫に、最初にまたがったのは真帆である。

しゃがんだ姿勢で肉棒をズブリとねじこみ、自ら腰を振り立てる。

ズブズブズブッ……!!

「くおっ……ぐぐ」

「ああん、子宮まで当たってるぅ……」

十回ほど腰をしゃくりあげると、

「はい、交代。次は私よ」

涼子もM字開脚で、ズッポリとハメこんだ。

「ハア……本当。奥まで届いてる……ああん」

ぐっと玉ブクロを握り締め、腰をグラインドさせながら、

「ほらほら、お休みしてるひまはないのよ、もっと突きあげて」

激しく尻を揺すり立てる。

「ヒイイッ……もう、苦しい」

「ダメよ。信夫さんにはたっぷりお礼をしてもらうわ。ねえ真帆さん」

激しく腰を振りながら、真帆に笑みを向ける。

一本の肉棒を奪い合ううちに、対抗心に代わって共闘心が芽生えている。

「そうよ、さんざんいい思いしたんだから、朝まできっちり悦ばせてちょうだい。

はい、バトンタッチ！」

代わって、今度は真帆が背面座位で結合した。

ずちゅずちゅっとペニスを味わいながら、

「信夫、別れてもセフレでいましょ」

真帆の顔に笑みが広がる。

代わる代わるイチモツを求める淫靡な粘着音は、絶え間なく続く。

第七章　機上の貫通イベント

1

「皆さん、今日はお着替えしてのフライトよ」

徳島へ飛行中のギャレー内。お局ＣＡの涼子が後輩三人を呼び集めた。

「着替えって、どういうことでしょうか？」

美里が訊くと、

「今日は大手ランジェリーメーカー『レーヌランジェリー』の貸切りフライトでしょう？」

「はい、売り上げ上位者やベストデザイン賞、皆勤賞、功労賞など、優秀な男性社員へのご褒美旅行とうかがっています」

「実は、そこの社長じきじきに、『わが社の製品を試着してほしい』とのご要望があったの」

——そのとき、カーテンの向こうから歓声が聞こえてきた。

どうやら徳島まで待てず、酒盛りが始まったらしい。

「とりあえず、美里さんはこれを着て」

受け取った包みを広げると、水色のブラとパンティが現れ、唖然とした。

乳首とアソコがパックリ割れており、下着の役割をなしていない。

「せ、先輩……本気ですか？」

「もちろん。お客さまのニーズにお応えするのがわが社のモットーよ」

「わあ、面白そう！」

アイドル顔の奈々がまたしてもはしゃいだ声をあげた。

先日、老人らにアヌス攻撃を受けたのが予想外に良かったらしい。

その後のテンションの高さは、美里が見ていても一目瞭然である。

「スリムな奈々さんにはこれよ」

渡された商品を見て、奈々が破顔する。

「可愛い！　バニーガールですね」

長い耳とまん丸シッポに顔をほころばせるも、

「あら？　アソコの部分が割れて丸見え」

「そういうデザインなの。我慢なさい」

笑みを崩さぬまま、涼子はピシャリと言う。

「先輩、わたくしは何を着ればいいんでしょうか？」

二十一歳にしていまだ処女、Ｆカップ美女のユリがおっとりした口調で訊くと、

「ユリさんはこれよ」

「こ、これは……」

なんと、乳房とアソコが丸く切り取られた、全身網タイツではないか。

パッケージの金髪美女がセクシーに着こなしているが、あまりにも悩殺的だ。

「これだと、お乳が丸見えですぅ」

頬を赤らめるも、

「あら、その割には嬉しいって顔に書いてあるわよ」

「いやん、バレました？　今回もお客さまは全員殿方なので、ちょっとだけワクワクしております」

ユリは恥じらうように笑った。

「ところで、涼子先輩は何を着るんですか?」

三人の問いに、

「ふふ、私はもう着てるの」

疾風《はやて》のごとく涼子が制服を脱ぐと、Fカップの巨乳がぶるんと揺れた。何と乳首とアンダーヘアの部分に、ラメピンクのハートのシールが貼られているではないか。

「すごい……セクシーすぎ」

「クラクラしますぅ」

まるで、リオのカーニバルのようなコスチュームである。

ハートのラメがキラリと光り、あまりにも挑発的だ。

「さあ、あなたたちも急いで着替えなさい」

「あら、皆さん、なかなかお似合いよ」

乳首とヘアにハートのシールを貼った悩殺ボディの涼子は、満足そうに三人を見据えた。

「美里さんはEカップのバストに、乳首とアソコのチラリズムが素敵よ」

「あ、ありがとうございます」

恥じ入りながらも、セクシーランジェリーをまとった美里の体は、どんどん疼きを増していく。

「アイドル顔の奈々さんには、やっぱりバニーで正解ね。お尻のシッポと、アソコのチラ見せをしっかりアピールなさい」

「はい、了解です♪」

奈々はガッツポーズを作った。

「ユリさんは、Fカップのバストと薄いヘアが、網タイツの割れ目から見えて、とてもセクシー。堂々とダイナマイトボディを見せつけなさい」

「はい、承知いたしました」

ユリもニッコリとうなずく。

「では、お飲み物のサービスにまいりましょう」

2
「おおおっ！」

「うひょ～！　セクシー」

トレイにドリンクを載せた四名が前後に分かれてキャビンに出るなり、酒盛りで騒いでいた約百名の団体が大歓声をあげた。

トレイサービスは、カートよりもスピーディさに長《た》ける利点がある。

ただし、安定性に欠けるため、こぼさぬよう細心の注意を払わねばならない。

粘つく視線にひるみそうになるが、美里はＣＡらしく優美な笑みを向け、

「お客さま、お飲み物をお持ちしました。お好きなものをどうぞ」

腰を屈めて、トレイを差し出した。

トレイには、コーヒーやジュース、ウーロン茶など数種類のドリンクが並べられている。お客さま自身に好みのものをチョイスしてもらうのだ。

「う～ん、どれにしようかなあ」

洒落たボタンダウンのシャツを着た中年男性が、長々と迷っている。これ見よ

がしに、こぼれる乳首をねめつけているのだ。

（アン……もう、早く決めてほしいわ。このままだと体が火照ってきちゃう）

周囲から熱い視線が突き刺さり、平常心が揺らいでしまう。

たまらず尻をもじつかせた。

「お、このＣＡさん、感じちゃってるぜ」

「チラリズムがそそるねえ」

さっそく卑猥な言葉が聞こえてくる。

「あっ、これ、俺がベストデザイン賞を受賞した下着じゃないか」

背後にいるデザイナーと思しき男性が、尻をさわさわと撫でてきた。

「ひっ……」

体をビクつかせたが、今動くとドリンクをひっくり返してしまう。

そうなると「飲み物事故」と処理され、クリーニングクーポンの発行や、始末書の作成など、あとあと厄介なのだ。

ここはじっとこらえなくては。

「どれ、ちょっと触らせてもらうよ」

それをいいことに、手はパンティを尻肉ごと揉み始めた。

ムニムニ、ムギュ――。

「アン……」

「うん、やっぱりこのフランス製シルクにして正解だったよ。ヒップに吸いつくような感触を狙ってたんだ」

手の主は、得意げに語ってくる。

「ね？　ＣＡさんも穿き心地バツグンだろう？」

「は、はい……まれに見る心地いいフィット感で……」

美里は適当に話を合わせるが、尻を揉む手はしだいに大胆になってきた。

ヒップの生地をぐいと引っ張ると、

「あれ？　そうか……あと二ミリほど裂け目を広げれば尻の穴まで見えるんだったんだな」

言いながら、彼はバックの布を引っ張ったり、緩めたりをくりかえす。

「あう……お、お客さま」

媚粘膜がこすられるたび、美里の体はヒクンと硬直する。柔らかなシルクの刺激が予想外に心地よく、花蜜がじゅくじゅくと滲み始めた。

「ああん、お客さま……ダメです」

男の手はさらにパンティを引っ張りあげる。

「おお、ヌレヌレマ×コが丸見えだ」

背後からパンティを引きあげる手は、女の秘園とアナルを容赦なく晒した。

美里が尻をくねらせるも、

「お、ますます濡れてきたぞ」

「ほんとだ、シルクが変色しちゃってるぜ」

嬉しそうに鼻息を荒らげてくる。

たまらずくるりと振り返れば、

「あれ？　俺のイメージだと、乳首ももっと見えるはずなんだがなあ」

またも不満げに言いながら、ブラの割れ目から覗くピンクの乳首を、きゅっと摘まみあげた。

「ああんっ……」

思わず身を反らすが、なんといっても今はドリンクサービス中なのだ。

手にしたトレイを離すわけにはいかない。

クリクリ……。

「ほら、だんだん勃ってきたよ」

「ああン、ダメです……」

しだいに強まる力に、美里の喘ぎがにわかに切迫した。

高まる肌熱は、痺れるような快感を全身へと駆け巡らせていく。手は乳房を揉みしだきながら、乳首を摘まみ、押し捏ねる。

「あん……も……もう許してください」

「せっかくだから舐めてあげるね」

「ああん、今、舐められると……」

「いいから、いいから」

身を乗り出した彼は、Ｅカップの乳房を絞りあげた。

「ほおお、まるでロケット乳だ」

裂け目から真っ赤な乳首がくびり出ると、舌を尖らせネチリ、ネチリとねぶり始める。

「クッ……アアンッ」

思いのほか繊細な舌づかい。火照った体がますます淫靡に昂ぶっていく。

「気持ちいいだろう？　乳首もピンピンだよ」

「ハンンッ……」

中腰にかまえる体からは、発情と興奮の汗が噴きだした。上下左右に躍る舌が、美里を芯から燃えあがらせ、立っていることさえままならない。

今にも尻もちをついてしまいそうだ。

「ああん、私、乳首が弱いんです……」

もう限界……そう思ったとき、フワリとした感触が尻にぶつかった。

「あら、美里先輩」

「えっ？」

見れば、バニーガールに扮した奈々がいるではないか。丸いシッポが美里のヒップに当たったのだ。

奈々の露出は少ないが、少しでも屈めば、股の切れこみから女のワレメが見えるデザインになっている。

「先輩、大丈夫ですか？　顔が真っ赤」

「だ、大丈夫よ」

そうは言っても、乳首を舐められる刺激がたまらない。奈々もトレイを持ちながら、上気した頬をさらに赤らめた。

セクシーなコスチュームに加え、乗客からの熱視線と物理的な刺激で、女体はみるみる翻弄されていく。

と、美里の乳房を吸っていた乗客が、顔をあげた。

「せっかくだから、ふたり並んでアソコを見せてよ」

「ええっ?」

「あん……恥ずかしいです」

奈々と美里は、言われるまま尻を突きだした。

背後からは、よってたかって身を乗り出す社員たちの興奮に湿る吐息が、女の媚肉に吹きかかる。

トレイを持ち、尻を突き出す中腰の姿勢のまま、淫らな気持ちにいっそう拍車をかけてくる。

「ふたりともエッチなオマ×コだなあ」

「色もピンクだし、ビラビラも薄めできれいだよ」

「お、バニーちゃんのアソコにはホクロがあるぞ」

「水色ランジェリーの子のほうが濡れてるね」

乗客たちは口々に勝手な意見を述べ立てる。

「せっかくだから、ちょっと触らせてもらうよ」

どこからともなく伸びてきた指が、ヌチョ……と美里の中に挿入ってくる。

「ァ……アアンッ」

一瞬、ビクンと身をのけ反らせるも、懸命に足を踏ん張った。

ここでドリンクをこぼすわけにはいかない。まさに拷問ともいえる姿勢を保ち、必死に指の玩弄に耐え続ける。

ズブッ……ヌプヌプ……ズププッ……。

「ハァ……」

「おお、なかなか締まりよしだぞ」

指は何度も抜き差しをくりかえし、たっぷりと蜜を掻きだした。

しかも、これだけではすまされない。鉤状に折れ曲げると、敏感なGスポットをズリズリとこすりつけてきたのだ。

「ヒイッ……！」

飲み物だけはこぼすまいと必死に言い聞かせるも、巧みに蠢く指が、激しい律動をくりかえしてくる。

「アアンッ……お客さま、いけませんってば」

「何だよCAさん、ケツ振ってるじゃない。スケベだなあ」

「ち、違います……」

ズリュ、ズリュッ……。

しばらく指の玩弄が続くと、

「ハアア……くう」

横から、陶酔しきった声が響いてくる。

「ほおら、バニーちゃんも、だんだんエロくなってきたぞ」

奈々も別な男性から、指嬲りを浴びせられている。

その恍惚とした表情は、明らかに愉悦に溺れていた。

(まずいわ、老人会のときといい、奈々はカラダに火が点くと止まらないのに)

美里がそう思った直後、

「アアッ……すごくイイです！　どなたか挿れてください……」

そう甘えた声で叫んだのだ。

乗客らが勇み立ったのは言うまでもない。

「よかったら、ふたりでトイレに行こうよ」

「いや、僕と」

「だめだめ、年功序列でオレだ」

老いも若きもいっせいにモメ始めた、まさにその瞬間、
ガクン、ガクン――!!

突如、大きな揺れが機体を襲った。またしても、タービュランスである。

「きゃあああんっ!」

「おおおおっ!」

その拍子に、美里と奈々の持っていたトレイがドリンクごと宙に舞った。

「ああっ!」

「大変!」

そう悲鳴をあげたときには、
バシャッ――!

「アチチッ!」

「冷てえ!」

飛び散った飲み物は、無情にも乗客の頭上から降りかかった。

恐れていた飲み物事故である。それもまれに見る盛大さで。

「も、申し訳ありません!」

慌てて謝るも、頭からドリンクをかぶった客らはずぶ濡れ状態。

（とりあえず、涼子先輩に報告しなくちゃ。ああ、また怒られる——）

怒鳴られることを覚悟して、キャビンを見渡せば、

「申し訳ございませんッ」

「す、すぐにおしぼりをお持ちしますッ！」

なんと、涼子とユリも派手にこぼしているではないか。あたふたとギャレーにおしぼりを取りに行っては、平身低頭で事後処理に奔走している。

結果、五十名もの乗客がびしょ濡れとなった。

「先輩、どうしましょう。これじゃ、一人ひとり、シミ抜きしている時間はありません」

「クリーニングクーポンの発行も追いつきません！」

「まずは濡れた服を乾かすのが先よ。裸になっていただいて、毛布をお配りしましょう」

3

「大変、申し訳ありません。こちらをお掛けください」

美里たちＣＡは、裸になった乗客に毛布を配り始めた。

まれに見る大惨事である。応急処置として、脱いだ服を座席の背もたれにかけて干してもらうよう願い出た。

ヤケドを負った者がいなかったのが不幸中の幸いだ。

しかし、またしても新たな問題が発生した。

見るともなしに、股間に視線を流すと、ほぼ全員のペニスが激しくいきり立っているのだ。

中には手でしごく者さえいる。

案の定、たちまちブーイングが起こった。

「おい、濡れた奴らだけ裸になるとは不公平だろ」

「そうだ。裸になってＣＡさんに毛布をもらえるなら、オレだって頭から茶をかぶるぞ」

と、熟年男性が自ら飲み物を頭からかぶり、びしょ濡れになった。

「ちょ、ちょっとお待ちください。順番にお配りしますので……」

涼子が言うと、

「かまわん、オレは素っ裸のままでいい」

男性は勃起を隠そうともせず、腕組みをする。

「じゃ俺も脱ごうっと♪」

「それなら僕も」

なんと乗客全員が服を脱いでしまったのだ。

(な、何てこと)

キャビンは異様な空気に包まれた。

裸族《らぞく》となった客たちは股間を膨らませ、CA四人も裸同然。

これで何も起こらぬはずはない。

「きゃあ!」

故意か偶然か、通路でつんのめったバニーガールの奈々が、客の上に尻もちをついたのだ。

かなりメタボな青年の突き出た腹でバウンドしている。

一瞬、奈々の確信ありげな表情を、美里は見過ごさなかった。

そのまま器用に腰をくねらせたかと思うと、

(奈々、今はダメよ!)

美里の心の声も虚しく、

ズブッ……ズブズブッ……！

「イヤアン！　挿入っちゃった」

あろうことか、背面座位のままハメてしまったではないか。

「アン……すごくおっきい」

奈々は潤んだ目を細めたまま、うっとりと吐息をつく。

「クウッ……バニーちゃんのアソコ、キツキツ」

青年もこの世の極楽と言わんばかりの興奮ぶりである。

しかも、後ろから奈々の乳房を包みこみ、座ったまま下から腰を突きあげ始めたのだ。

ジュボ、ジュボボ……ズジュジュッ……！

「ハァン……奥までズッポリ挿入ってるぅ」

恥じ入るどころか、かえって尻を振り立てる。

ふたりは公衆の面前にもかかわらず、背面座位でピストンを始めた。

グローブのような手がバニー服の胸元を引きさげると、形のいい美乳がぷるんとこぼれた。

「アンンッ……」

そのまま、双乳がぐにゅりと揉みしだかれる。

「あん……いいわ。乳首も触って」

奈々のおねだりに、指先が先端をクリクリと転がし始める。

「はぁン……最高」

「おおおッ、アソコが締まってきた。すごいぞ、このバニーちゃんは名器だ！」

歯を食い縛り、ズコズコと下から突きあげる。

「熊田《くまだ》！　いいぞ」

「さすが、元相撲部」

その声に、熊田と呼ばれたメタボ男は鼻息を荒らげた。

そして、さすがは元相撲部。いったん結合を解いたかと思うと、立ちあがってくるりと奈々を回転させ、軽々と抱えあげたのだ。

「ごっつぁんです！」

そう叫ぶと、そのまま駅弁スタイルで剛直を叩きこんだ。

「ああんっ……！」

巨体に抱えられた奈々のワレメめがけて、ヌメるペニスが抜き差しされる。

ズブズブッ……ズブッ、グジュッ、ジュプププッ……！

「はぁン……駅弁なんて初めてですぅ！」

バニー姿の奈々は、熊田の巨体に腕と脚を絡みつかせ、結合をより深めた。

熊田も尻をしっかり支え持ち、貫いた女肉への角度と深度を変えながら、剛棒を打ちこみ続ける。

パンッ、パパパンッ――！

「ああんッ……内臓が口から出ちゃいそう」

串刺しにされた奈々は、上体を反らしてヨガりにヨガる。

何しろ元相撲部の熊田は、でっぷり肥えたあんこ型。

野太い二の腕は、スリムな奈々の太腿のゆうに二倍はあり、体重はおそらく四倍以上。

駅弁ファックなど朝飯前だろう。

卑猥な肉ずれ音と淫靡な喘ぎは、高まるばかり。

全裸の乗客を始め、残りのCA三名も息を呑み、性器をつなげる対《つい》の獣と化したふたりを見入っていた。

ズブリ、ズブリ……ニュブブッ……！

「ほおお、すごいぞ」

乗客たちは誰もが激しく勃起させている。

生々しい抜き差しを目の当たりにした美里も、興奮を隠せず、尻をもじつかせた。ホクロのある奈々の開き切ったラビアの中心を、熊田の肉砲がズブリズブリと貫くごとに、白い粘液が吹きこぼれ、甘酸っぱい匂いが機内に充満してくる。

今日に限って、アソコが丸出しのコスチュームなのだ。巻きこまれた肉ビラが淫らによじれる様もはっきりと見てとれる。

丸いシッポの下、あふれる淫蜜は行き場を失い、ポタリ、ポタリと滴ってきた。

「涼子先輩、妙なことになってきましたよ」

秘口をヒクつかせながら耳打ちするも、涼子は腕組みをし、

「まずは、あのふたりが絶頂に達するのを見届けましょう」

と、何とも余裕の返答ぶりである。

再び奈々に目を向けた。

「アアンッ……オチ×チン、気持ちいい……気持ちいいの」

いっそう甲高い声を張りあげて、ズブズブと穿つペニスを一身に受け止める。

「すごいっ、アソコがますます締まってくる」

腰を振る熊田も、全身汗だくで奥歯を食い縛る。

「まずい、もうイク……イキそうだ」

パパパンッ、パンッ、パパンッ！

「ヒイッ！　アアアンッ……私もイキそう」

熊田が疲れ知らずの胴突きを浴びせるたび、鮮赤色《せんせきしょく》に割れた奈々の女襞がめくれあがった。

「アッ、アッ、イク……イクう！」

「クウッ……オオオォオゥ！」

奈々の体を打ち砕くように、彼は肉の鉄槌を穿ち続け、最奥まで男棒を叩きこんだ。

「おうおう……オオオゥッ！」

「ハァアンッ……ァアアアアッ……!!」

ふたりの咆哮と嬌声が重なると同時に、目いっぱいまで反り返った奈々の肌が、紅い花びらを散らしたように、まだらに染まっている。

痙攣の具合から、無事絶頂を極め、たっぷりザーメンが注がれたのだとわかった。

「……ふう」

熊田が結合を解くと、火膨れしたような血の色のワレメから濃厚な精液がドロリと垂れ流れた。

「ああ……私もうダメ……」

力尽きて崩れ落ちる奈々に美里が駆け寄った。

呼吸すらままならないほど疲弊したその表情には、恍惚と達成感がありありと浮かんでいた。

「奈々、大丈夫？　さあ、ギャレーで休みましょう」

震える奈々の肩を支えると、美里はギャレーに連れて行き、床に座らせた。


一息ついたところで、何やらキャビンが騒がしくなっている。

「俺たちはどうなるんだ！」

「そうだ、熊田だけズルいぞ」

興奮冷めやらぬ客たちが勃起を隠すこともせず、ラメシールを貼った裸同然の涼子と、セクシーストッキング姿のユリに詰めよっていたのだ。

「お客さま、どうか落ち着いて」

「お待ちください！　私にいい考えがあります」

そう告げたのは涼子だ。

「いい考え?」

客のひとりが目をギラつかせる。

「はい、皆さまは、ご褒美旅行で徳島に行かれるのですよね?」

涼子が問いかけると、

「そうだが」

「では、一位の方から順番にハメていかれてはいかがでしょう?」

「なんだって?」

「実は私も激しい濡れ場を拝見し、体が疼いて仕方ないのです」

涼子はくるりと背を向け、パーティションに手をついた。美熟女ならではのたおやかなS字カーブを描く、匂い立つような後ろ姿である。

ついでに、形の良いハート型の尻をゆさゆさと揺する。

熟した秘貝から透明な蜜を垂らすほどの淫乱ぶりである。

立ち尽くす美里とユリの視線に気づくと、

「あなたたち、何してるの? 私の横で手をついて、お客さまにお尻を突きだしなさい」

「えっ？」

「口答えするつもり？　嫌とは言わせないわよ」

――結局、ふたりとも涼子と並んで壁に手をつく羽目となった。

三人並んだところで、客たちはぞろぞろと集まってくる。

「いい眺めじゃないか」

「熟れた桃尻が三つ。どれも美味そうだ」

と、ここで涼子は思い出したように振り向いた。

「セクシー網タイツのユリさんは処女なので、くれぐれも痛みのないよう、お願いいたします」

「なんだって？　バージンか？」

「さようです」

「わかった」

乗客たちは興奮に息を呑みながらも、一同うなずいた。さすがは優秀な社員たちだけあって、聞き訳がいい。

が、下半身はどれもがいきり起ち、カウパー液を噴き出している。

「問題は順番だな」

「一位は誰だっけ？」

と、皆が顔を見合わせると、

「まずは私がいく」

五十代後半と思しき、頭髪の薄い、ちょび髭メガネの男性が名乗り出た。

「う、梅野《うめの》社長！」

一同目をみはる。

「CAさんたちに自社製品の試着をたのんだのはこの私だ。まずは社長である私が三人のムスメを味見して、お前たちに明け渡す」

そう言うと涼子の前に立ち、むんずと尻を摑んだ。

「クッ」

ムギュッ、モミモミ——。

「あう……」

涼子はうっとりと目を瞑った。さんざんセックスを見せつけられた三十路の体は、男性のペニスを渇望してやまないのだ。

「よしよし、今たっぷり可愛がってやるぞ」

巨根ではないが、肉厚のカリが膣によく引っかかりそうな梅野のペニスが、濡

れた秘口にあてがわれるや、
ズブズブッ……ズブッ！

「ハウウッ！」

ぷっくり膨れた花びらを巻きこみながら、ヌプヌプと呑みこまれていく。

「ほお、なかなかの締まりだ」

肉を馴染ませるように、梅野は角度を変えながら粘膜を貫き、徐々にスピードをあげていく。

ジュクッ、ジュブブッ、パパパンッ――！

「ああんっ……気持ちいいです」

涼子は背中をぷるぷると震わせながら、打ちこみに耽溺している。

もはやこれはサービスではない。欲求不満を解消する淫らなプレイである。

「んん……いいわ。どうかこのまま、私の中で出してください」

涼子は穿たれるペニスに甲高い嬌声をあげながら、ちゃっかり自分の要望を告げている。

「このままイケと？」

「はい、あとは社長がご指名される社員のかたから順番に、他のＣＡたちと……

ハァッ……もっと突いてください！」

涼子はねだるように、尻を振り立てた。

「本当は『鶯の谷渡り』をしたかったんだが……まあ、いいだろう」

と、ズボズボと抜き差ししながら声を張りあげる。

ジュボッ、ジュボボボッ……ズブズブズブッ……！

「ハァ……まずは当社にもっとも貢献した営業部門だ。売上げ一位は、東《あずま》だな。前へ出ろ」

「はいっ！」

東と呼ばれた明朗そうな青年が、美里の後ろに立った。

周囲の羨望と落胆の声をものともせず、ギンギンに反り返るペニスは長大で、太さもある。

美里は秘かにほくそ笑んだ。

「次はベストデザイン賞受賞の佐藤《さとう》だな。お前は、このお嬢さまCAのバージンをありがたく頂戴しろ」

「は、はいっ！　ありがとうございます！」

先ほど、美里のシルクパンティをあれこれ引っ張りまくった青年がユリの後ろについた。サイズは小さめだが、処女のユリにはちょうどいいだろう。

やっと処女を奪ってもらえると知って、ユリは期待と興奮に尻を震わせている。

「まずはお前たちからだ。十分楽しめ」

「はいっ！」

すぐにハメると踏んでいたようだが、ふたりの男はしゃがみこみ、美里とユリの秘園を舐めだした。鼻先を尻のワレメにうずめ、レロレロレロッと舌を躍らせると潤んだ女肉がさらに蜜汁でふやけ始める。

「ハアッ……ンンッ」

東の巧みな舌の動きに、美里は身を震わせる。

チュパッ……チュチュッ……

「あん……お客さまのオクチ、気持ちいいです……」

隣では恍惚に咽ぶユリの声が、処女花を吸引する音と絶妙なハーモニーを奏で始めた。

「ハアァアッ……社長さん！　もっと、もっと……突いてください！」

そこに涼子の喘ぎも加わり、機内が卑猥な多重奏におおわれた。

「よーし、社長の底ヂカラを見せてやるぞ！」

腰を思い切り引いた梅野が、ガツンガツンと派手に胴付きを始めると、いっそう肉の打擲音が響き渡った。

そのとき――、

「アア……そろそろ挿れてください」

美里が尻を振りながら告げた。もう十分すぎるほどのクンニリングスを受け、あとは逞しい男根で貫かれたい。

立ちあがった東は、くるりと美里を前に向けさせ、左足を掲げた。

「僕はバックより、前からの立ちマン派なんだ」

そう甘く呟いたかと思うと、下方からズブリとハメこんだ。

とろけた肉孔に巨根がズズンと挿入され、脳天まで響いてくる。

「クッ……いきなり……あうう」

「でも、君のここ、嫌がっちゃいないよ」

肉の輪を広げたまま、東はすぐさま、腰を使い始めた。

ヌンチャッ……ヌチャッ……！

「あう……あああんっ」

器用に腰をしゃくりあげながら、リズミカルな律動をくりかえす。

頑強な足腰で女肉を穿ち、攪拌し、揺れる乳房を舐め吸ってくる。

ジュポッ、ジュポッ――。

「クウッ……すごいッ……グリグリ当たってます」

体だけではない。男たちの粘つく視線が突き刺さり、総身が淫靡に焼き焦がされるのだ。

隣からは、

「痛くしないからね。ゆっくり入れるからね」

ベストデザイン賞の佐藤が、背後からユリのうなじに熱い吐息をかける。

「は、はい……」

「終わったら、顔面騎乗をしてくれるかな?」

「え、えっ……? 顔面騎乗なんて、わたくしやったことが……」

「大丈夫、まずはユリちゃんの貫通式だ。さあ、しっかり力を抜いててね」

「は、はい……」

佐藤がゆっくり腰を入れると、ユリは可憐な唇を真一文字に引き結んだまま、壁に爪を立てた。

ズブッ……ズジュズジュッ……!

「クッ……痛い……」

周囲の好奇な視線の中、ユリは大きく背をしならせる。

「ううっ、さすがにキツイ……」

「ンン……ハァ」

処女貫通の苦悶のため、眉間に深く皺を刻んでいるが、濡れた唇から漏れ出る悲鳴は、しだいに甘い吐息となりつつあった。

「アッ、アアッ……」

「だ、大丈夫？　やめようか？」

佐藤は慌てて、腰の動きを止めるが、

「続けてください……嬉しいんです。わたくし、やっと……」

痛みに耐えながらも、潤んだ瞳とかすかな笑みを浮かべた唇は、ようやくオンナになった悦びに満ちていた。

「佐藤さん、お気になさらず、もっとお腰を入れてくださいませ」

「あ、ああ」

ユリの尻肉を摑み、彼は処女肉を貫いていく。

ズブブッ……ズブッ、ズブッ……。

「ハァ……これが女の痛み」

律動が続行される中、むしろその苦痛を味わうことに幸せを見出しているようだ。ピンクに染まる肌は、真珠の粉をまぶしたように艶めき、表情を歪めながらも、口許にある種の安堵を湛えたユリがひときわ印象的だ。

ズジュッ……ズジュジュッ……。

東の巨砲に貫かれる美里が隣で見守る中、いつしか消え去ったとみられる痛苦が、ユリの表情を柔らかく、恍惚に染めあげていた。

「ああ……ユリは幸せです……ありがとうございます」

「さあ、約束どおり、次は顔面騎乗をしてくれるかな?」

よほど待ちきれないらしい。佐藤はバージンを捨てたばかりの処女肉からペニスを引き抜くと、その場に仰向けになった。

「えっ、もうおしまいですか?」

「ああ、たのんだよ」

ユリの蜜液でいきり立つペニスをヌメらせながら、佐藤は好色な笑みを浮かべる。躊躇するユリのワレメを見つめ、

「早くしてよ。出血もしてないみたいだし、大丈夫だからさ」

あっけらかんと言うではないか。

——それに怒ったのが周囲の社員たちだ。

「お前ばかりズルいぞ。次は俺だ」

「いや、僕だ！」

ブーイングの嵐だが、ユリは言われるまま、佐藤の顔めがけてまたがった。顔面から約十センチほどの距離まで腰を落とす。

「僕が奪ったばかりのバージンオマ×コか」

ニヤケる佐藤は、貫かれたばかりの女裂を見入っている。

「あんッ……佐藤さんったら♥」

恥じらうユリだが、気分は完全に処女貫通の悦びに酔い痴れている。佐藤が見つめる女花を、陶酔の面差しで、じりじりと顔面に接近させていく。

「あん……ンン」

鼻先すれすれで止めると、

「そのまま、こすりつけてみて」

「こ、こうですか？」

ネチョリ……ネチョ、ネチョ……。

「ああ、最高だ」

佐藤は存分に甘酸っぱい匂いを嗅ぎ、貫通後の粘膜を舐めあげた。

「あう……アソコがヒクヒクしちゃいます……」

「かまわないよ。あっ、垂れてきた、垂れてきた。おシルをたっぷり啜ってあげるね」

ジュルジュル……ジュズズズッ……！

「ハァ……女に生まれてきてよかったです……」

ユリが快楽に総身を震わせたまさにそのとき、背後から、ふらふらと何かが歩いてくる。

美里が視線を移すと、

「奈々じゃない。大丈夫？」

その声に、あぶれた男たちがいっせいに振り向いた。

「おっ、バニーちゃんが起きてきたぞ」

「おおう」

飛びかかる乗客たち——奈々は瞬く間にバニー服を引き裂かれ、裸のまま押し倒された。

スリムな裸身を飾るのは、ウサギの耳と、首元の襟、手首のカフスのみである。

「よし、バニーちゃんは皆勤賞の俺がもらうぞ」

そう威勢よく馬乗りになったのは、恰幅のいい五十代と思しき男だった。

周囲の男たちは、

「小西さん、バニーちゃんのオマ×コはアンタのもんだが、オッパイは俺が触ってもいいかい？」

「あぶれたチ×ポを、CAさんに握ってもらうのもアリかね？」

口々にそう訊いてくる。

「おう、もちろんオッケーだ。どうせなら盛大にいこうじゃないか！」

小西は奈々の淫裂に突き立てたペニスを、一気にねじこんだ。

「ひゃん……ああっ！」

先ほど、熊田と駅弁ファックをした疲れなど何のその、再び男の野太いものが挿入ったのだ。

ズブッ……ズブズブッ……！

小西は、これまでのうっぷんを晴らすように、雄肉を叩きこむ。

「アアンッ……ヒイッ」

激しく身悶える奈々は、苦痛に喘いでるかと思いきや、

「すごい……もっと欲しいです……もっとくださいッ！」

信じられない言葉を叫んだ。

「おっ、このバニー、エロくて最高だ。もっと突きまくってやる」

ズボッ、ズボボッ……！

「ああ～ん」

気絶していたとは思えないほどの回復力を見せた奈々が、黄色い声を出す中、

「あん、子宮までズンズン響いてる……」

美里も最奥まで突きあげられ、快楽の悲鳴をあげていた。

後方では、涼子が梅野とシックスナインに転じている。

互いの性器を舐めてドロドロになった口許を拭おうともせず、なおも体液を啜り合い、熟れきった大人同士の濃厚な戯れである。

そうかと思えば、

「く、苦しくないですか？」

顔面騎乗をするユリだけは、不安げに尻をもじもじと揺らめかせた。

「平気だよ。ほらほら、もっと体重をかけて。鼻の先にワレメをこすりつけて」

「は、はい……」

ネチョッ、ネチョネチョッ……クニュッ、クニュクニュッ……！

「そうそう、上手だよ。ユリちゃん」

「よーし、俺らもCAさんに、気持ちよくしてもらうぞ」

あまった男たちは、空いている乳房に手を伸ばし、太腿や尻に頬ずりをし、ワキ汗を舐めた。

唇を奪う者もいれば、ペニスを握らせたり、床に寝っころがり、爪先で肉棒をつついてもらう者もいる。

（すごい光景……）

快楽に身を委ねながらも、美里はどこか冷静だった。

客たちの誰もが興奮し、オスとしての本能をたぎらせ、謳歌している。

「んんっ……ねえ、梅野社長、これからもピンキーを使ってね」

いつしか騎乗位の姿勢をとった涼子が、腰を振り振り、甘え声で懇願した。

「わかった。ピンキーは最高のエアラインだ」

梅野も、そう必死に腰を突きあげている。

——キャビンは乱交パーティのごとく、快楽の饗宴と化していた。

涼子の揺れる乳房を、梅野の手がわし摑みにした。

身を反らす涼子は、美里の目が合うと、ウィンクしてくるではないか。

顔面騎乗をするユリは、女淫とアナルを責められている。

乳肌は、多くの男に代わる代わる揉み捏ねられ、吸われ、先端が真っ赤に腫れていた。

仰向けにされた奈々は、根元までズッポリハメられたうえ、両手はペニスを握らされている。さらには、横から差し出された男のペニスを咥えもしていた。

誰もがヨガり、身悶えていた。

嫌がるＣＡなどひとりもいない。

全身を愉悦に染め、女であることを謳歌し、このような状況下でしか見せられない束の間の欲望を満たしている。

「ほら、もっと感じてごらん。はしたない声をいくら出してもいいんだよ」

美里を貫く東が囁いた。

「次は、美里ちゃんが上になって」

彼は仰臥すると、美里を馬乗りにさせた。立ち膝となった美里は、無意識で腰を落とし、ズブズブとペニスを呑みこんでいく。

(アアアッ……こんなことって……)

まるで全身が性感帯になったように、鳥肌が立った。

吹きかかる吐息にさえ、敏感に反応してしまう。

下から突きあげながら、東は手を伸ばし、乳房を揉みくちゃにする。

摘まんだ乳首が、さらにひねり潰された。

「あう……いい」

しかし、今の美里はそれだけでは満たされない。

(両手も、口も空いてるのよ……。ああ、誰か私の穴という穴を塞いで)

そんな気持ちを、察したのか――。

しばらくすると、男たちが集まってきた。

美里は腰をグラインドさせながら、両手に握らせられたペニスをしごき、差し出された肉棒に舌を絡める。

男たちの唸り声は極上の音色だった。

体の奥で何かが爆ぜると、なりふり構わず手を、舌を、腰を動かし続けた。

(ああ……いいわ……すごくいい)

ストリッパーのように腰をぐるりと回すと、粘膜が攪拌される。

不意に、膣奥から何かがこみあげてきた。

「ああっ」

ショロ……ショロロ……と滲み出たそれは、やがて勢いを増していく。

「アアッ……いや」

膣奥からせりあがる熱い塊が、全身を駆け巡る。それは巨大な火柱となって、美里の体を激流のごとく貫いた。さらなる快楽を刻むように、腰を振り立て、膣道に力をこめる。自分でもわからぬまま尻をしゃくると、貪欲に収縮する女襞がいっそう強く肉棒を締め付ける。

腰を引いた直後、信じられぬ勢いで女淫から飛沫があがった。

ブシュッ！　ジョワワッ……ジョワワワワワッ……!!

「イヤァッ……イクッ……ァアアッ、アアアアッ……！」

否応なく飛び散る淫らな分泌液が、四方八方に弾け飛ぶ。

「おお、美里ちゃん、潮吹いちゃったよ」

絶頂の瞬間、男たちの熱いザーメンが、膣へ、乳房へ、顔面へと噴出された。

ピンキー航空で天国へ行きましょう。
ピンキー、最高❣

エピローグ

秋風が吹き始めた十月末、スカイアジア航空・人事部――

人事部長・盆小原がデスクの前で、啜っていた茶をブハッと噴き出した。

「何だって⁉」

ピンクの制服に身を包む美里は、姿勢を正し、ニッコリと笑みを作る。

「ですから、このまましばらくピンキーへの出向を継続してほしいんです」

「どういう風の吹き回しだ？　あれほど毛嫌いしてたセクシー接客だろう」

「理由はともかく、私が出向したことで、ピンキーが持ちなおしたのは部長の目論みどおりじゃありません？」

美里は盆小原が手にした「売り上げ推移表」を指し示すと、

「ま、まあ……そうだな」

彼もハンカチで顔を拭きつつ、フライト報告書及び、右肩あがりの売り上げ表に視線を落とす。

「し、しかし……スカイアジアには何と言う？　出向になっていたとはいえ、君はまだまだスカイアジアの看板ＣＡだぞ」

「私がスカイアジアに戻ってしまうと、寂しがるお客さまがいっぱい。ピンキーの営業成績もまた元の木阿弥ですよ」

「だ、だがな……」

盆小原が何か言いかけたとき、

ＲＲＲ……ＲＲＲ……

美里のスマートフォンのメール着信音が鳴った。

「ちょっと失礼」

液晶画面を見ると、美里は破顔した。

「まあ、大島リンゴ農園御一行さまが明日フライトですって。なんと五十名の団体からご指名だわ！」

「ご、ご指名って……君、ここは、キャバクラじゃないんだから」

盆小原は呆気にとられている。

「さて、CAは一にも二にも気力、体力！　そうだ部長、今夜焼き肉でも食べに連れてってくださいよ」

「それより、契約は……」

「あっ、またメールだわ。なになに？『来週、また芝居の稽古をしたいんだけど、いいかな。もちろん貸切りで』。部長、やりましたよ！　劇団パンキュラス、ゲットです！」

「あ、あの……美里くん」

「じゃあ、夕方六時に迎えにきますから、部長は店の予約をお願いしますね。グルメな部長ですから、もちろん銀座の『鸁川亭《あらかわてい》』ですよね」

ウィンクする美里に、盆小原は一応笑顔を返してくるが、その頬は引き攣っている。

「と、とにかく、座りなさい。じっくり話し合おうじゃないか」

椅子を倒さん勢いで立ちあがる彼に、

「ごめんなさ〜い、これから販促部とミーティングなんです。ピンキーのセクシーエプロンが好評で、グッズとして機内販売したいんですって。では」

ドアを閉め、思わずガッツポーズをした美里だった。

客乗の廊下を進む美里の足取りは軽やかで、ハミングまでしてしまう。
ふと見あげた秋空には、飛行機雲を描きながら高度を上げていく桃色の機影
――わがピンキー航空の機体《シップ》だ。
（あっ、やっぱり焼肉より鰻のほうがいいかしら？　それともしゃぶしゃぶ？）
ふふっとほほえんだ美里の頬を、柔らかな秋の日差しが穏やかに照りつけた。

＊「東京スポーツ」連載「桃色エアライン」に大幅加筆修正し、改題。
文中に登場する団体、個人、行為などはすべて実在のものとはいっさい関係ありません。

蒼井凜花のCA官能シリーズ!!

夜間飛行

入社二年目のCA・美緒は、勤務前のミーティング・ルームで、機長と先輩・里沙子の情事を目撃してしまう。信じられない思いの美緒に、里沙子から告げられた事実――それは、社内に特殊な組織があり、VIPを相手にするCAを養育しては提供し、その「代金」を裏から資金にしているというものだった……。元CA、衝撃の官能書き下ろしデビュー作!

愛欲の翼

スカイアジア航空の客室乗務員・悠里は、フライト中に後輩の真奈から突然の依頼を受ける。なんと「ご主人様」に入れられたバイブを抜いて欲しいというものだった。その場はなんとか処理したものの、後日、その「ご主人様」と対面することになり……。「第二回団鬼六賞」最終候補作を大幅改訂、さらに強烈さを増した元客室乗務員《キャビン・アテンダント》による衝撃の官能作品。(解説・藍川京)

欲情エアライン

過去に空き巣・下着泥棒被害の経験のあるCA・亜希子は、セキュリティが万全だと思われる会社のCA用女子寮に移り住んでいた。ある日、お局様と呼ばれる先輩CAが侵入者に襲われる事件が起き、寮全体が騒然とする。その後事件は意外な展開を見せ……。「第二回団鬼六賞」ファイナリストの元CAによる衝撃の書き下ろし官能シリーズ第三弾!!

二見文庫

機《き》内《ない》サービス

著者　蒼井凜花《あおいりんか》

発行所　株式会社 二見書房
東京都千代田区三崎町2-18-11
電話 03(3515)2311［営業］
03(3515)2313［編集］
振替 00170-4-2639

印刷　株式会社 堀内印刷所
製本　株式会社 村上製本所

落丁・乱丁本はお取り替えいたします。
定価は、カバーに表示してあります。

ISBN978-4-576-15117-5
http://www.futami.co.jp/